일상이 슬로우

일상이 슬로우

나는 모든 순간의 여행자

신은혜 에세이

책읽는고양이

프롤로그
슬로우, 하와이에서 데려온 습관

　　매일 아침은 나만의 의식으로 시작한다. 눈 뜨자마자 짧게 기도를 드린 후, 일어나 커튼을 걷고 창문을 연다. 새벽 공기를 천천히 들이마시며 아직 푸르스름한 새벽빛을 가만히 감상한다. 태양이 정수리를 내밀기 전에 머그컵에 차를 담아 창가에 앉아 해가 떠오르는 과정을 살핀다. 하와이에서 데려온 습관이다.

　　하와이에서 한국으로 돌아온 후, 어느 정도 여독이 풀렸는지 새벽에 쉽게 눈이 떠졌다. 나는 5층 옥탑에 살았는데, 서촌 일대에 고층 건물이 워낙 없다 보니 자연스럽게 우리 집이 최고층이 된 덕분에 옥상에서 왼쪽을 보면 인왕산이, 정면을 보면 경복궁이었다. 그럼에도 옥상은 주로 빨래를 널거나 친구들이 놀러 오면 삼겹살을 구워 먹는 용도였지, 4년을 살면서 한 번도 일출을 본 적도, 볼 생각도 하지 못했다. 일찍 일어나지 못했을 뿐더러 아침은 출근 준비하는 것만으로도 시간이 부족했으니까.

그날은 일찍 일어난 김에 보리차를 담아 옥상에 나갔다. 여기 일출은 하와이보다 별볼일 없겠지, 하면서도 혹시나 하는 마음으로 문을 열었는데, 시야를 꽉 채우는 선연한 새벽빛에 (실제로) 입이 벌어졌다. 차갑고 푸른 새벽 사이사이에 옅게 퍼진 구름은 저마다 튀는 구석 없이 다른 색채를 이루고 있었다. 그 색채에 태양의 따뜻한 빛이 스며들기 시작하면서 인간은 흉내낼 수 없는 다양한 빛깔이 서서히 새벽을 걷어냈다. 보리차를 다 마시고 완전한 아침을 맞이한 후 집 안으로 들어왔다. 이 집을 떠나는 마지막 날에도 일출을 보며 옥상과 작별 인사를 나눴다.

이사한 집은 2층이라 전처럼 높지 않지만, 앞집이 단층 한옥이라서 창문을 열면 시야를 가리는 게 전봇대 외엔 없다. 그래서 큰방 창문 크기와 높이에 맞는 바 테이블과 의자를 주문 제작했다. 가격이 합리적인 기성품을 선호하지만 일출을 감상하고 싶어서 나답지 않은 소비를 했다. 이 테이블에 앉아 어떠한 자극도 없는 평온한 새벽을 매일 맞이한다.

창문을 열어 신선한 기운을 집안에 들이고, 태양보다 먼저 일어난 새들의 지저귐도 함께 들인다. 일출을 보고 있으면 풍선처럼 둥근 행복이 가슴속에 차오른다. 해가 완전히 뜨고, 아침이라 부를 수 있는 밝기가 되면 의자에서 바닥으로 몸을 옮겨 밤 사이 뭉친 목과 어깨를 간단한 스트레칭으로 풀어준 다음, 식물을 살피고 어제 읽다 만 소설을 읽는다. 요즘은 대체로 글을 쓰고 있다. 한 시간 반 정도 지나면 이불을 개고 창문을 닫고 커튼을 치고, 저녁에 돌아온 내가 기분 좋게 쉴 수 있도록 집 전체를 가볍게 정돈한다. 마지막으로 씻고 나갈 채비를 한다.

조금 일찍 시작되는 나의 아침은 이제 출근만을 위해 존재하지 않는다.

차례

04 나는 나와 친합니다

01

더 이상 월요일이
밉지 않습니다

'언젠가' 가 아니라 바로 '지금'

언젠가 정원을 가꿔야지
언젠가 서핑을 배워야지
언젠가 훌라를 춰봐야지
언젠가 고양이를 키워야지

지금, 나는
그 언젠가를 살고 있습니다

잠시 멈춤

문제없던 나날이었다. 되고 싶었던 카피라이터가 되었고, 다니고 싶었던 회사에 다니고 있었다. 팀 사람들은 동료라기보단 친구에 가까웠고, 연차도 제법 쌓여 업무도 예전보다 편하게 느껴질 즈음이었다.

어느 날, 출근하려고 눈을 떴는데 아무런 맥락도 없이 한 가지 생각이 스쳤다.

'쉬고 싶다, 그냥 1년쯤.'

연봉을 포기하고 되려 저축한 돈을 전부 소비한다? 한 번도 생각해본 적 없는 발상이었다. 원래 성격대로라면 전세금에 보태 원룸에서 투룸으로 이사하는 데 써야 마땅했지만 이번엔 그러고 싶지 않았다.

한 번 이런 충동이 들자 이상하리 만치 반드시 해야만 할 것 같았다. 평소엔 티셔츠 한 장도 충동 구매하지 않는데….

수많은 어제와 오늘, 내일로 이뤄진 인생, 이미 34년을 사용했지만 아직도 많은 날들이 남아있는 인생. 그 많은 날들 중 딱 1년을 떼어내 오롯이 나만을 위해 써도 괜찮지 않을까, 막연히 이렇게 생각했던 것 같다. 그리고 퇴사하고 이틀 뒤, 나는 하와이로 떠났다.

조급했던 휴식, 느긋한 답변들

인생의 흑역사라면 많이 있지만 딱 하나만 꼽으라면 단연코 대학교 2학년 때다. 조기 졸업을 목표로 무리하게 많은 학점을 신청했었다. 재수로 뒤처진 1년을 빨리 메꿔야 한다는 강박이 있었다. 하지만 야심과 달리 아무리 밤을 지새워도 끝날 기미가 보이지 않는 전공 과제와 불쑥불쑥 튀어나오는 교양 과제에 치여 매일이 엉망진창이었다. 결국 3학년으로 올라가는 길목에서 휴학을 했고, 1년 앞서가려다 1년 더 뒤처진 꼴이 돼버렸다.

휴학이 준 열두 달의 유예 기간 중 열 달은 아르바이트를 하는 데 썼다. 처음 일한 곳은 문을 열면 마치 동아리방에 온 것 같은 열 평 남짓의 레코드 가게였다. 바닥의 무늬가 거의 사라진 걸 보면 예전에 얼마나 많은 사람이 여길 오고 갔는지 짐작할 수 있었다. 주된 업무는 계산하고, 음반을 주문하고, 신곡 앨범을 진열대에 세워놓는 것이었으나, 좀더 장사가 잘됐으면 하는 마음에 손님들이 구매한 앨범을 꼼꼼히 기억해두었다가 다시 오면 그 앨범에 대해 얘기를 나눴다. 아무리 신경써도 티가 나지 않는 낡은 바닥과 선반을 쓸고 닦고, 가게 바깥에 설치된 스피커에 어떤 곡을 내보내야 손님이 들어올까, 고심해서 선곡하다보면 하루가 갔다. 이렇게 최선을 다했지만 음악 듣는 수단이 CD플레이어에서 MP3 플레이어로 넘어갈 즈음이라 하루에 손님이 한 자릿수에 그친 날이 많았다. 홀로 오전 10시에 문을 열고 밤 10시에 문을 닫으며 아꼈던 나의 아지트는 세 번째 월급을 마지막으로 영원히 문을 닫았다.

다음으로 일한 곳은 안양 1번가에 있는 서점이었다. 오전 10시부터 오후 4시까지 문학 코너의 카운터를 담당했다. 북적북적한 위층 문제집 코너에 비해 아래층 문학 코너는 한산하기 그지없어서 단 며칠 만에 자주 오는 손님들 얼굴을 외웠고, 몇 주 후엔 그 손님들이 좋아하는 책 성향까지 파악할 수 있었다. 몇 주 더 지나서는 거스름돈을 받으면 위인의 얼굴을 모두 앞면으로 맞춰 지갑에 넣는 어느 손님의 습관까지 간파할 수 있었다.

일을 곧잘 하던 알바생은 캐셔용 에이프런을 벗고 서점 문밖을 나서면 본래의 휴학생으로 돌아왔다. 그러면 기다리고 있었다는 듯 여러 불안들이 한꺼번에 달려들었다. 지금 이렇게 전공과 무관한 아르바이트나 할 때냐고. 누구는 디자인 회사에서 인턴을 하고, 누구는 보스턴으로 어학연수를 갔고, 누구는 유럽으로 여행을 갔다던데, 너는 지금 여기서 무얼 하고 있는 거냐고.

하루는 일을 마치고 집과 반대 방향으로 가는 버스를 타서 마지막 정거장에 내렸다. 무작정 눈앞에 보이는 수리산을 올랐다. 멀리서 들려오는 새소리, 나뭇가지를 갓 뚫고 나온 어린 연둣빛들, 그 사이로 영롱하게 비치는 초여름 햇살들, 그리고 점차 거칠어져 가는 숨소리…. 숨이 차오를수록 불안을 가동시키는 생각의 전원이 꺼졌고, 마음에 부유하고 있던 잡념마저 잘게 부서져 땀구멍으로 배출되는 것 같았다. 그날 이후 아르바이트가 끝나면 불안을 끄기 위해 산으로 갔고, 등산은 취미라 부를 수 있는 나의 첫 유흥이 되었다.

열 번의 월급날이 지나갔다. 번 돈의 대부분은 생활비에 보태졌고, 남은 돈으로 한 달간 배낭여행을 떠났다. 2006년 12월, 혼자서 인도로.

왜 인도였을까? 기차가 수시로 연착돼도 조급해하지 않는 나라, 가난이 수치가 되지 않는 나라, 시간을 돈에 비유하지 않는 나라. 그런 인도에 설레었다. 파리도 로마도 아닌 인도를 만나고 싶었다. 지하철 가판대에서 구매한 5,000원짜리 배낭 안에 버려도 아깝지 않은 옷가지와 디지털 카메라, 간단한 생필품을 담고, 가고 싶은 도시들을 대충 접어놓은 가이드북을 들고 대책 없이 떠났다. 스마트폰도 구글맵도 없던 시절이었다. 더 심각한 건 영어 실력이었다. 그때의 나는 '딜레이'가 무슨 뜻인지도 몰랐다. 경유지인 방콕 공항에서 전광판을 보는데 내가 타야 할 인도 델리행 항공편 옆에 'delayed' 표시가 깜빡였다. 그 뜻을 모르니 티켓에 적혀있는 출발 시각만 재차 확인할 뿐이었다. 와야 할 시간에 오지 않는 비행기를 8시간 동안 얼마나 초조하게 기다렸는지. 무식하면 용감하다더니, 내가 바로 그랬다.

다음날 아주 추레한 몰골로 인도에 도착했다. 준비성은 없지만 인복까지 없지는 않아서 나와 비슷한 네 명을 우연히 한인 식당에서 만났다. 다들 해외여행이 처음이었고, 그 나라가 바로 인도였고, 그곳에 캐리어가 아닌 배낭을 메고 왔고, 혼자 왔다는 공통점이 있었다. 나이도 성별도 직업도 달랐지만 금세 친구가 되었다. 외국 경험이 전무했던 덕분에 우리는 인도를 다른 나라와 비교하는 무례를 저지르지 않았다. 한 번도 제시간에 온 적 없는 기차를 욕하거나, 출처를 알 수 없는 길거리 음식을 거부하거나, 틈만 나면 사기 치려는 장사꾼에게 분노하거나, 어디서라도 바퀴벌레가 튀어나올 것 같은 게스트하우스에 불평하지 않았다. 있는 그대로의 인도에 웃고 놀라고 아프고 사랑했다. 중간에 만난 동행자는 다른 나라에 비해 더럽고 무질서한 인도를 참지 못하겠다며 원래 일정보다 보름 앞당겨 한국으로 돌아갔지만, 나에겐 짧게만 느껴지는 한 달이었다. 인도의 눈망울과 독특한 체취, 느긋한 천성에 만족하고 돌아온 나는 미뤄두었던 3학년이 되었다.

이십 대에는 재수를 하고 휴학을 하고 취업 준비를 하던 시절이 아픈 손가락이었다. 남들보다 몇 년이나 뒤처져 있다고 생각했다. 그런데 막상 직장인이 되고보니 그 시절이 다르게 다가왔다. 만약 재수하기 싫어서 스무 살에 그림을 시작하지 않았다면, 제때 졸업하려고 휴학하지 않았다면, 그때 인도에 가지 않았다면, 공채에 불합격되지 않았다면, 잠시 멈추고 쉬고 뒤처지지 않았다면, 지금 내 인생 얼마나 교만하고 나약하고 뻔했을까.

조금의 망설임 없이 퇴사를 하고 아무 연고도 없는 하와이에 혼자 갈 수 있게 용기를 준 건 가족의 격려나 친구들의 응원이 아니었다. 다시 안정된 직장을 찾을 수 있을까? 다시 직장에 잘 적응할 수 있을까? 다시 카피를 잘 쓸 수 있을까? 그 고민의 답을 준 것은 스무 살의 재수생, 스물세 살의 휴학생, 스물여섯 살의 취준생이었다. 그까짓 1년은 너의 앞날에 지장을 줄 만큼 그렇게 길고 대단한 시간이 아니라고. 오히려 남은 인생에 두고두고 힘을 줄 거라고. 이미 세 번이나 겪어보지 않았냐고, 과거의 내가 말해주었다.

　　지금 나는 과거의 나에게서 배움과 용기를 얻고 있다. 그리고 믿는다. 언젠가 어느 날에 망설이고 머뭇거리는 미래의 나에게 지금의 내가 새로운 배움과 용기를 줄 거라고.

홀가분하게

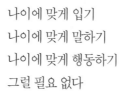

나이에 맞게 입기
나이에 맞게 말하기
나이에 맞게 행동하기
그럴 필요 없다

"How old are you?"
라고 묻지 않는 이곳에서
나는 '몇 살 의 나' 가 아닌
그냥 '나' 가 된다

미리 떠나는 여행

하와이에 가기 위해 첫 번째로 준비한 건 가이드
북이나 비행기 티켓이 아니었다. 나는 수영 강습을
등록했다. 수영을 전혀 못해서 바다에 들어가는 것
보다는 바라보는 것에 만족하며 살아왔는데, 지상
천국이라는 하와이 바다에서는 튜브에 의지하지 않
고 능숙하게 헤엄쳐보고 싶었다. 회사 근처 수영장
으로 가서 월수금 아침 7시 초급반을 끊었다.

같은 초급반이어도 기존 회원과 나중 회원 간의
레벨 차이가 상당했다. 누구는 자유형, 누구는 평
영, 누구는 접영 기초를 배우고 있는데, 그 사이에서
'음파음파'는 아무래도 무안했다. 확 그만두고 싶
은 마음이 굴뚝 같았지만 이미 집 근처 수영장을 일

주일 만에 그만둔 전력도 있고, 지금 포기하면 트라우마라는 그럴싸한 핑계를 대며 영원히 시작 못 할 거 같아서 겨우겨우 몇 주를 버텼다. 그에 대한 보상이었을까. 킥판을 떼고 어느 정도 자유형을 할 수 있게 되자 얼떨떨할 정도로 수영이 재밌어지기 시작했다.

수영장에 도착하면 간단히 샤워하고 수영복으로 갈아입는다. 준비 운동을 하고 물 안으로 풍덩, 하면 아, 차가워! 이마쯤에 걸쳐놓은 수경을 아래로 내려 쓴다. 모든 준비는 끝났다. 살짝 점프하면서 곧장 몸을 수평으로 눕힌다. 동시에 발바닥으로 수영장 벽을 탁 치고 팔을 쭉 뻗어 손끝으로 물을 가른다. 몸이 미끄러지듯 나아간다. 종아리를 부드럽게 두세 번 젓는 순간 느껴지는 물의 찬기와 몸의 열기가 섞여 기분 좋게 변하는 물의 온도, 손바닥을 물에 툭 얹은 후 사악 밀어낼 때의 질감. 발등으로 물을 지그시 누를 때의 말캉함, 수영장 바닥에 일렁이는 햇살의 물결, 물속을 보았다가 바깥을 보았다가 물속을 보았다가 바깥을 보는 일정한 리듬, 그것이 만들어내는 명상의 시간. 어느새 왕복 20바퀴의 기쁨으로 변했다.

수영은 직립 보행이 줄 수 없는 생경한 감각을 깨웠다. 다리에만 의존하지 않고 발목부터 허리, 엉덩이, 어깨, 팔, 팔꿈치, 손바닥, 손끝, 목, 머리까지 합동해서 나아가는 법을 가르쳐주었다. 일을 하다가도 자려고 누워서도 수영 생각이 났다. 급기야 월수금 수업에만 나가던 수영장을 화목토일까지 나가고, 출근 전에 한 번 퇴근 후에 한 번 가는 날도 빈번해졌다. 친구들을 모아 5미터 수심에서 잠수를 배우는 강습까지 예약한 나의 적극성에 나도 놀랐다. 일요일에 우연히 수영장에서 마주친 우리 반 강사님이 물었다. "회원님 무슨 수영 대회 같은 거 준비하세요?" 에어비앤비 광고에 '물을 싫어하던 아이가 어느새 꼬마 수달이 된다'라고 쓴 카피에는 당시의 내가 고스란히 투영되어 있다.

수영은 누구도 바꾸지 못한 나를 완전히 바꾸었다. 유난히 아침잠이 많아서 학창 시절 담임 선생님들로부터 "엄마와 함께 등교해라", "너 이러다 직장 들어가면 1순위로 잘릴 거다", "자기 결혼식에도 지각할 애"라는 말을 들어왔다. 그 모진 잔소리도, 사랑의 매도, 화장실 청소도, 운동장 쪼그려뛰기도 나의 늦잠을 고쳐주지 못했다. 하지만 수영장을 다니면서 나의 생활 패턴은 완전히 달라졌다. 수영 수업이 있는 날에는 얼른 수영장에 가고 싶어서 알람이 울리기도 전에 눈이 번쩍 떠졌다. 나의 늦잠태생설을 무너뜨리고 회사에서도 지각쟁이 꼬리표를 뗄 수 있게 되었다. 미루고 미루다가 막판에 몰아서 하던 업무도 그때그때 집중해서 끝내고, 저녁 약속도 밤 9시를 넘기지 않았다. 일찍 자야 일찍 일어나고 일찍 일어나야 수영장에 갈 수 있으니까. 생활이 바뀔 정도의 재미, 태어나서 이토록 강렬하게 느낀 적은 없었다.

아마도 나의 하와이 생활은 수영 강습을 등록한 그날부터 시작되지 않았을까. 하와이 덕분에 수영을 시작했고, 덕분에 창피함을 견뎠고, 덕분에 즐거움을 알았고, 덕분에 스트레스가 풀렸다. 덕분에 아침마다 설레며 눈을 뜰 수 있었다. 믿기 어렵겠지만 수영 수업이 있다는 이유만으로 월요일이 오는 것도 그다지 싫지 않았다. 비록 몸은 한국에 있지만 하와이를 위한 삶이 시동을 걸고 조금씩 움직이고 있던 것이다.

아직 떠나지 않았지만 우리는 그 나라를 미리 여행하며 살아간다. 비행기 티켓을 알아보고, 마음에 드는 숙소를 골라보고, 가고 싶은 곳의 사진을 저장하고, 퇴근 후 서점에 들러 관련된 책들을 찾아보거나 그 나라의 인사말을 배워보면서 말이다. 지금 당신은 어디를 미리 여행하며 살고 계신가요?

월요병 없는 월요일

알람 대신 아침 햇살에 눈을 뜹니다
오늘 먹을 점심을 직접 요리합니다
TV를 끄고 저녁노을을 감상합니다

특별한 걸 하지 않아도
특별한 하루가 되는 오늘은
월요병 없는 월요일입니다

유효 기간, 그 아쉬움과 소중함

모든 여행은 시한부다. 몇 시 몇 분까지 정확히 찍힌 리턴 티켓은 우리에게 주어진 몇 박 며칠의 인생이 얼마나 소중한지 알게 해준다. 평상시라면 빨리 지나가길 바라는 월요일부터 목요일까지도 주말과 동등한 대접을 받으며 소중히 사용되고, 주로 정신차리는 데 흘려보내던 아침 9시부터 10시까지도 허투루 쓰지 않는다. 삶의 마지막을 아는 사람처럼 하고 싶은 것을 미루지 않고 내일을 걱정하느라 오늘을 낭비하지 않는다. 매일 밤, 일상으로 복귀하기까지 얼마나 남았는지 속으로 세어보며 내일은 더 잘 보내리라 괜히 다짐도 한다. 시한부 여행은 지금에 집중하도록 만들고 새로운 용기를 준다.

회사를 그만두기로 결정함과 동시에 1년이라는 기간을 정해놓은 것도 비슷한 이유에서였다. 성실한 직장인이자 게으른 집순이인 나 자신이 기약 없이 놀게 되면 어느 순간 분명, 돈 안 벌고 이렇게 놀기만 해도 되나? 하며 슬슬 불안해하거나 아니면 세상만사 귀찮은 히키코모리가 되기 십상이다. 기왕 결정한 거 제대로 쉬려면 기간을 한정해야 한다고 생각했다. 6개월은 너무 짧아서 아쉬울 거 같고 2년은 너무 길어서 직장 세계로 복귀하기가 어려울 것 같아 1년으로 정했다.

　그 다음에 정할 건 예산이었다. 대략 1년간 외국에서 생활할 비용과 한국으로 돌아와서 취직이 바로 안 될 경우를 대비해 여분의 두 달치 생활비까지 고려해서 예산을 짰다. 그리고 언제까지 돈을 모을 수 있을지 따져본 다음, 그 돈이 준비될 즈음을 퇴사 날짜로 정했다. 퇴사하기로 마음먹은 건 하루아침이었지만 사표를 제출한 건 그로부터 1년 반이 지나서였다. 준비 기간 동안 열심히 일을 했고, 저축을 했고, 수영을 배웠고, 영어 공부를 했고, 운전 연수를 받았고, 새 직장을 구할 때 쓸 포트폴리오까지 미리 만들어놓았고, 일찌감치 가족들에게 백수 선언을 해 마음의 준비를 시켰다. 결심은 충동적이되 실행은 꼼꼼했다.

일을 하든 하지 않든 1년은 빠르게 지나갈 것이다. 베짱이에서 개미로 돌아갈 날은 반드시 온다. 평생 놀고먹는 삶, 얼마나 아름다울까. 하지만 유효 기간이 있는 삶도 충분히 좋다. 끝이 있는 걸 알기에, 하루에 딱 하나씩만 주어지는 오늘을 그냥 흘려보내지 않고 더욱 소중하게 쓸 수 있게 되었으니 말이다.

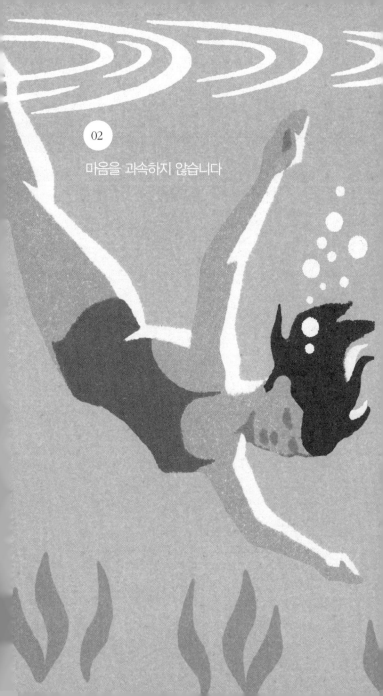

02

마음을 과속하지 않습니다

석양을 감상하는 삶

한자리에서 몇 시간이고 볼 수 있는 건
텔레비전뿐이라고 생각했다
하와이의 석양을 보기 전까지

0원의 하루

버스 대신 자전거
커피 대신 텀블러
맛집 대신 도시락
영화관 대신 도서관

돈을 쓰지 않아도
충만한 하루

자연에 내어주는 시간

저녁을 만들어 먹은 후 도서관에서 빌린 만화책을 챙겨 밖으로 나간다. 이어폰을 귀에 꽂고 영화 〈싱스 트리트〉 OST를 1번부터 순서대로 재생한다. 알라 와이 운하를 따라 걷다보면 다섯 번째 곡이 흐르고 신호등을 두 번 건너면 매직 아일랜드에 도착한다.

매직 아일랜드는 3면이 바다로 둘러싸인 공원이 다. 매트를 깔아놓고 혼자 요가하는 여자, 나무 위 에 걸어놓은 해먹에서 낮잠을 자는 남자, 벤치에 앉 아 파도를 감상하는 노인, 그 앞을 몇 바퀴째 빠른 걸음으로 걷는 아주머니, 예쁜 뷰를 찾아 사진을 찍 는 커플, 바비큐를 구워먹는 가족, 번갈아가며 다이 빙을 하는 아이들. 서로가 서로를 방해하지 않으면서도 각자의 것을 충분히 할 수 있는 마법 같은 곳이다. 관광객에게 인기 많은 와이키키 해변과 알라모아나 쇼핑센터 가까이에 있지만 그들에겐 없는 평화로움을 갖고 있다. 그래서 매직과 아일랜드가 더해진 이름이 잘 어울린다.

언제 가도 좋지만 내가 제일 좋아하는 시간은 해질 무렵보다 한 시간 이른 시간이다. 태양이 달궈놓은 따뜻한 바닥이 나의 지정석이다. 바다와 마주보고 앉아 집에서 가져온 책을 펼치며 오늘 꼭 다 읽고 내일 반납하리라 마음먹는다. 그러나 다음에 일어나는 상황은 매번 똑같다. 책을 두세 페이지도 넘기지 못한 채 그냥 덮고 만다. 음악을 중간에 끄고 귀에서 이어폰을 뺀다. 파도의 움직임과 그 움직임이 만들어내는 소리에 이끌려 어느새 하고 있던 걸 그만두게 된다. 그게 행동이든 생각이든.

파도는 힘껏 밀려오다가 잔잔히 사라져가고, 미처 사라지기도 전에 다시 힘껏 밀려오면서 일정한 리듬을 만들어낸다. 그 리듬을 가만히 듣고 있노라면 뭐랄까 마음의 기복도 서서히 일정해지는 느낌이다. 갓난아이가 엄마 품에서 나는 심장 박동 소리에 차차 안정감을 되찾는 이유를 알 것도 같다. 어떤 기분으로 이곳에 왔든 집으로 돌아갈 때의 마음은 한결 안정되어 있다. 그래서인지 별일 없을 때는 물론이고 하와이에서 집을 구하는 문제로 심란했을 때도, 정든 친구들이 본국으로 돌아가 외로웠을 때도, 배려심 없는 집주인에게 시달렸을 때도, 나의 걸음은 이곳을 향했다.

파도 소리를 듣다보면 머리 위에 떠 있던 태양이 차츰차츰 눈앞의 바다 쪽으로 이동해 주변을 온통 붉게 물들이기 시작한다. 해가 바다에 가까워질 때마다 초 단위로 달라지는 하늘과 구름, 바다의 컬러를 넋을 놓고 바라본다. 어떤 날의 석양은 베토벤의 〈운명 교향곡〉을 틀어놓은 것처럼 웅장하고, 어떤 날의 석양은 오로라같이 섬세하다. 그날그날의 석양은 항상 다른 생김새를 가지고 있어서 오늘은 또 어떤 모습일까, 하는 기대감이 저녁을 먹고 나면 당장 눕고 싶어하는 몸뚱이를 쉽사리 일으켜 세운다.

해가 바다에 완전히 잠긴 후에도 석양은 한참을 더 하늘에 머물다가 물러간다. 마침내 바다와 하늘의 경계가 까맣게 사라지면 하나둘 엉덩이를 털며 일어난다. 하지만 나는 방금 본 석양의 여운이 가시질 않아서 엔딩 크레디트가 다 올라가도록 좌석을 떠나지 못하는 관객이 되고 만다.

한자리에서 오랫동안 석양을 본 적이 있었던가. 가끔 퇴근길에 예쁜 석양을 보게 되더라도 핸드폰으로 '찰칵' 찍는 1초가 끝이었다. 석양이 무슨 대수라고. 빨리 지하철을 타고 집에 가는 게, 가면서 업데이트된 웹툰을 보는 게 대수지. 늦게까지 야근하고 들어온 날은 어떠했나. 왠지 일만 하다 하루를 끝내는 게 억울해서 고작 한다는 일이 텔레비전을 켜는 거였다. 재미없어도 기어코 몇 시간씩 꾸역꾸역 보다가 잠들었다. 한가했건 바빴건 나의 일상에 자연이 비집고 들어올 틈은 없었다.

하와이에서 한국으로 가져오고 싶은 걸 하나만 고르라고 한다면, 주저 없이 선택할 수 있다. 바람이 나뭇잎을 악기 삼아 어떤 소리를 만들어내는지 귀 기울일 수 있는 마음. 창틀 아래쯤 걸려 있던 보름달이 조금씩 위로 이동해 창틀 밖으로 사라지는 행보를 감상할 수 있는 마음. 그런 시간을 아까워하지 않고 내 삶에 내어줄 수 있는 마음.

귀를 기울이면

새 소리
파도 소리
나뭇잎 소리
맛있는 소리
콧노래 소리
그리고
너의 웃음소리

하와이엔
다른 음악은 필요 없어요

순수한 재미를 찾게 된 순간

지금껏 읽은 책들 중 대부분은 대학생 때 읽었다. 일 년에 백 권씩 탐독하고 매주 독서 모임에 참여하며 블로그에 기록하곤 했다. 디자인과 동기들이 교양 수업으로 서양 예술사나 컴퓨터 활용을 선택할 때 혼자서 프랑스 명작의 이해, 독일 문학을 골라 들었다. 대학교 3학년으로 복학하면서 문예창작을 부전공했는데, 그 시기엔 눈으로 읽는 독서를 넘어 희곡 대사를 육성으로 연기하며 읽고, 마음에 드는 책을 손으로 베껴 쓰면서 읽고, 짧은 소설과 시를 습작하며 읽었다. 시각 디자인을 전공한 카피라이터라는 다소 독특한 이력은 여기서 비롯되지 않았나 싶다.

책이라면 그 안에 담긴 내용부터 종이의 질감, 냄새, 촉감, 책장 넘기는 소리까지 애정하는 나였는데 카피라이터가 되고부턴 책을 멀리하기 시작했다. 바쁘게 돌아가는 광고 회사에서 카피를 잘 쓰고 싶은 조급한 의욕이 책이든 신문이든 모든 텍스트를 볼 때마다 여기에서라도 아이디어를 얻어야 한다는 강박으로 변했기 때문이었다. 출근길 버스 안에서 눈 앞에 스치는 가게 간판들을 샅샅이 훑으며 현업에 쓸 만한 키워드가 없나 곤두세우고, 《안나 카레니나》를 읽으면서도 화장품 광고에 쓸 만한 문장이 없나, 《무진기행》을 읽다가도 기업PR에 쓸 만한 단어가 있지 않나 뒤적거리고 있었다. 책을 읽는 건지 아이디어 단서를 찾는 건지 나중엔 활자만 봐도 진저리 나고 스트레스가 돼서 아예 책을 덮어버렸다.

　그러다 친구의 추천으로 팟캐스트 〈이동진의 빨간책방〉을 듣게 되었다. 소개된 《7년의 밤》과 《고래》를 출근길에 듣다가 직접 읽어보고 싶어서 퇴근하자마자 도서관으로 달려갔다. 집으로 걸어가는 길에 《고래》의 첫 장을 펼쳤다. 눈을 뗄 수 없었다. 밤 11시까지만 읽고 자야지 했던 결심은 단숨에 무너졌다. 한 장만 더 읽자, 한 장만 더 읽자 하다가 밤을 꼴딱 새웠다. 아주 오랜만이었다. 뭔가를 얻어내야 한다는 강박 없이 책을 읽은 게. 독서의 순수한 재미를 되찾게 된 순간이었다. 책이 삶에 다시 들어오자 어제와 다를 바 없는 하루인데도 왠지 모르게 들떴다. 무채색 옷만 입다가 파스텔 톤의 옷을 입고 나간 날의 하루처럼 마음의 분위기가 확연히 달라졌다.

살면서 책 읽기가 성적을 올리는 데 도움을 줬다든가, 좋은 카피를 쓸 수 있게 즉각적인 영감을 줬다든가 하는 혜택 따윈 없었다. 하지만 나만의 감수성, 생각하는 스타일, 삶을 대하는 태도는 지금까지 읽어온 책들의 집합체라 해도 과언이 아니다. 책은 즉효약보다는 보약과 비슷해서 인생 어딘가에서 책의 부분 부분들이 조용히 힘을 내고 있달까.

하와이에서 나의 단골집은 단연 도서관이었다. 와이키키도서관과 주립도서관에는 영어로 번역된 일본 만화책 코너가 널찍하게 마련되어 있어서 하굣길에 만화방 들르는 기분으로 들락거렸다. 그러다 보니 도서관에서의 추억이 많다. 거주민은 무료(관광객은 30달러)로 만들 수 있는 도서관 카드를 공짜로 발급받고선 마치 현지인으로 공식 인정받은 것 같아 기뻤던 일. 매일 만화책만 빌리는 나를 십대로 착각하고 틴에이저 행사에 초대한 도서관 직원. 신간 만화책이 막 들어왔다고 제일 먼저 귀띔해준 사서. 그 신간을 버스에서 읽으며 집으로 돌아가던 길. 슬램덩크를 빌리러 간 날 도서관에서 열린 깜짝 음악회.

슬램덩크를 하와이에서 20년 만에 다시 읽었다. 강백호, 서태웅, 채치수, 채소연, 정대만, 송태섭, 윤대협, 안 감독님 같은 캐릭터 이름은 지금까지도 외우고 있는데 스토리는 전부 잊어버려서 왜 강백호와 서태웅이 앙숙이 됐는지, 왜 강백호는 소연이를 짝사랑하게 됐는지, 왜 그 많은 캐릭터 중에서 나는 윤대협이 가장 좋았는지 하나도 기억나질 않았다. 새로운 책을 읽는 기분이었다.

그러니까 얘네들이 전국 대회에 출전하려고 그 난리를 쳤던 거구나. 이게 겨우 4개월 동안 일어난 이야기였다고? 그걸 6년에 걸쳐 그린 거라니. 새삼 놀라웠다. 그리고 중학생의 내가 왜 윤대협을 가장 좋아했었는지 알 것 같았다. 삼십 대 중반이 돼서도 역시 윤대협이 제일이더라. 완결에 가까워질수록 참을 수 없이 웃고 짠하고 쫄깃해서 책을 오른쪽으로 누워서 봤다가 왼쪽으로 누워서 봤다가 앉아서 봤다가 엎드려서 봤다가, 몸을 가만히 두질 못하며 밤새 슬램덩크 앓이를 했다. 집에서, 버스 안에서, 해변에 누워서, 친구를 기다리며 펼쳐 든 모든 책들이 나의 하루를 구석구석 행복하게 채워주었다.

사람은 나이 들수록 행복을 느끼는 정도가 달라진다고 한다. 예를 들어 나이가 들면 도서관에서 좋아하는 책을 읽으며 하루를 보내는 것과 같은 '소소한 경험에서 얻는 행복'이 해외 여행을 하는 것과 같은 "특별한 경험에서 얻는 행복"만큼 크다고. 그러고 보면 나이 드는 것도, 좋아하는 책을 읽으며 하루를 보내는 것도, 꽤나 멋진 일이구나 싶어진다.

가끔은 추억

중학생 때 읽던 만화책, 다시 읽기
고등학생 때 봤던 드라마, 다시 보기
대학생 때 듣던 음악, 다시 듣기

그 시절로 돌아가는 타임머신은
우리 가까이에 있어요

말하지 않고 말하기

훌라는
춤이라기보단 하나의 메시지
손짓 발짓 눈짓 하나하나
의미가 담겨있지요

몸치여도 상관없어요
부끄러워 말아요
당신은 지금 춤을 추는 게 아니라
말을 하고 있는 거니까

마음의 여유라는 것

친구가 엄마와 함께 하와이로 여행 온다길래 빅 아일랜드 섬에서 만나기로 했다. 하와이는 오아후, 빅아일랜드, 마우이, 카우아이, 몰로카이 등 8개의 대표적인 섬과 100여 개의 작은 섬으로 이루어져 있다. 나는 오아후 섬에 살았고, 가끔 친구들이 오면 이웃 섬으로 여행을 갔다. 당일 아침, 알람이 울리기 한참 전에 눈이 떠졌다. 거울을 보고 씨익 웃어봐도 긴장이 풀리지 않고, 비행기를 타고 빅아일랜드 섬으로 이동하는 40분 내내 마음이 무거웠다. 여행 온 사람답지 않게 군은 표정으로 힐로 공항에 내렸다. 손목시계는 오전 10시 40분을 가리키고 있었다. 한국에서 친구가 오기까지 남은 시간은 7시간.

그 시간 동안 할 일이 있었다. 바로 운전 연습. 힐로 공항에서 월마트, 월마트에서 인근 식당, 인근 식당에서 숙소, 숙소에서 다시 힐로 공항까지 미리 한 번 가볼 계획이었다. 친구는 무면허, 나는 무면허와 하등 다를 바 없는 장롱 면허다.

빅아일랜드는 크기가 제주도의 8배인 만큼 볼 것도 갈 곳도 상당하지만 대중교통이 잘 되어 있지 않아서 차 없이는 가까운 식당조차 갈 수 없다. 차를 렌트하는 것말고는 방법이 없어(물론 택시나 패키지 투어를 이용할 수 있지만 비싸다.) 내가 운전대를 잡기로 결정하긴 했는데 나의 머리는 왼쪽이 액셀인지 브레이크인지조차 헷갈려하는 상태였다. 시험 전날 벼락치기하는 절박함으로 빅아일랜드에 가기 며칠 전부터 밤마다 유튜브에 올라온 초보 운전 강좌란 강좌는 죄다 시청했다. 그러나 가상 운전 연습으로 안심이 될 리가….

상태가 이러하니 1분이라도 더 운전 연습을 해둬야 한다고 생각했다. 친구와 친구 엄마에게 예쁜 추억을 만들어주는 못할망정 민폐를 끼치면 안 되니까. 그런데 웬걸, 렌터카 사무실에 가서 예약해둔 차를 빌리려는데 무슨 영문인지 내 신용 카드가 자꾸 에러가 나더니 오늘은 이 카드로 결제 못하니 내일 다시 오란다. 배낭을 바닥에 풀어헤쳐 안쪽 깊숙

한 곳에 넣어둔 비상용 체크 카드를 꺼냈다. 그러나 그것 역시 결제 정지 메시지가 떴고, 끝끝내 차를 빌리지 못했다. 어떡하지 운전 연습해야 되는데. 이따 숙소는 어떻게 가지. 친구한텐 뭐라고 말한담. 어머니께 죄송해서 어쩌지. 이런 상황 속에서도 배고픔을 느끼는 존재가 인간이던가. 배가 너무 고팠다. 하는 수 없이 45분 떨어진 식당을 향해 걷기 시작했다.

무거운 배낭, 내리쬐는 태양, 시작부터 꼬인 계획, 걸을수록 불행해졌다. 그렇게 20분 정도 걸었을까. 갑자기 SUV 한 대가 비상 깜빡이를 켜고 내 앞쪽으로 멈춰 섰다. 차에 무슨 문제가 생겼나 생각했는데, 앞좌석 유리문이 내려가더니 "헤이~" 하는 소리가 들렸다. 하와이안 항공사 유니폼을 입은 인상 좋은 아주머니가 조수석에 놓인 자기 가방을 뒷좌석으로 던지며 말했다. "어서 타요."

"진짜 감사합니다!"
"어디까지 가요?"
"켄즈 하우스 오브 팬케이크 식당이요."
"잘됐네, 우리 집 가는 길에 있어요."

처음 보는 그녀의 따뜻함에 참았던 하소연이 나

왔다.

"실은 차를 렌트하려고 했는데 제 카드가 안 되는 거예요. 그래서 걸어가고 있었어요."
"어머, 어떡해요? 밥은 사먹을 수 있어요?"
"네, 현금이 조금 있어요."
"운전하고 가는데 조그만 여자가 커다란 배낭을 메고 가잖아요. 안쓰러워 보여서 차를 세웠죠. 이 길이 걷기엔 너무 덥잖아요."

답례로 커피라도 사드리고 싶다는 나를 극구 만류하고 그녀는 식당 바로 앞까지 데려다주고 떠났다. 피곤한 몸으로 식당에 들어서자 마른 체구에 꽃무늬 원피스를 입고 흰머리를 단정하게 땋은 할머니가 "알로하" 하며 환대해주었다. 환하고 커다란 미소였다. 추운 곳에 있다가 따뜻한 곳에 막 들어섰을 때 경직된 몸이 스르륵 풀리는 것처럼 마음이 풀리는 게 느껴졌다. 평소엔 도통 맛있게 느껴지지 않던 로코모코도 순식간에 해치웠다. 식사를 마치고도 시간이 한참 남아서 인근 해변 공원을 찾아 40분 더 걸어가보기로 했다. 국토 대장정에 도전했다면 이 정도로 힘들었겠지 싶을 정도로 피로가 몰려왔을 때 공원에 도착했다. 신속하게 돗자리를 꺼내 그늘에 깔고 배낭을 배고 누워 수영하는 아이들과 할아버지를 구경하며 휴식을 취했다. 그늘 밖은 뜨겁지만 그늘 안은 선선했다. 슬슬 추워져 얇은 스포츠 타월을 꺼내 어깨에 두르고 있는데, 할아버지(아들 내외와 손주들이 놀러와 함께 피크닉 나오셨다는 할아버지)가 두툼한 비치 타월 하나를 내게 건넸다. 손주들의 구아바 주스까지 나눠주면서.

다음날 아침, 콜택시를 불러 친구와 함께 다시 렌터카 회사로 갔다. 신용카드 에러의 범인을 찾았다. 해외에서 카드를 분실할 경우에 대비하려고 1일 사용 한도를 300달러로 설정해두었던 내가 범인이었다. 역시나 사용 한도를 풀었더니 결제가 되었다. 어제 나와 같이 애먹은 직원과 박수 치며 기뻐하고 있는데 또 다른 문제가 발생했다. 내가 예약했던 중형차는 어제 다른 사람에게 빌려주었고, 지금 남아 있는 차는 지프 랭글러 루비콘 딱 한 대뿐이라는 것. 생초보에게 감히 지프차라니. 주저하고 있는 내게 렌터카 직원은 호탕하게 웃으며 말했다. 여기 사람들은 다 친절해서 괜찮을 거라고, 그리고 언제 이렇게 새빨간 지프차를 몰아보겠냐고. 친구도 옆에서 응원해줘서 어떻게든 되겠지 하는 마음으로 착석했다. 하나님께 우리를 지켜달라고 기도한 다음 시동을 걸었다.

렌터카 직원의 말은 사실이었다. 인내심 많고 매너 좋은 운전자들 덕분에 금세 도로 운전에 적응했다. 주차만 빼고. 화산 공원에서 지프차를 주차하다가 결국 옆 차를 박는 사고를 치고 말았다. 자동차 주인은 문을 열고 내려서 자신의 차 상태를 살펴보더니 타이어에 부딪힌 거라서 별문제 아니라며 되려 나를 안심시켰고, 내가 초보 운전자라는 걸 알자 대신 주차도 해주었다. 놀라운 건, 주차를 못해 끙끙대는 나를 위해 순순히 자신의 자동차에서 내려 웃으면서 대신 주차를 해준 고마운 분이 한 사람이 아니었다는 것이다.

1978년, 프린스턴 대학교 신학과 67명의 학생을 대상으로 했던 〈선한 사마리아인 실험〉이 생각난다. 이 실험은 성경을 토대로 한다. 여리고로 가는 길에 강도를 만나 크게 다친 사람을 제사장과 레위인은 못 본 척하고 지나지만, 당시 천대받던 사마리아인은 다친 자를 불쌍히 여겨 상처를 치료하고 돌봐주었다는 내용이다. 남을 돕고 안 돕고의 차이가 어디에서 오는 것인지 그 요인을 찾아보려는 실험이었다.

결론부터 말하면 다른 사람을 도우려는 마음에 영향을 미친 요인은 신앙심이 아니라 '여유'였다고 한다. 신학생 A그룹에게는 선한 사마리아인을 주제로 설교 준비를 시켰고, 신학생 B그룹에게는 그와 상관없는 설교 준비를 시킨 다음 일부에게는 설교 시간에 늦었으니 서두르라고 지시하고, 다른 일부에게는 시간이 충분하다고 얘기했다. 그리고 나서 예배 건물로 가는 길목에 쓰러져 있는 허름한 옷차림의 사람(연기자)을 누가 도와주는지 지켜보았는데 설교 주제와는 상관없이 시간이 넉넉했던 신학생들이 쓰러진 사람을 도왔다고 한다. 다시 말해 선한 사마리아인을 주제로 설교하러 가는 신학생조차 시간이 촉박하자 눈앞에 쓰러진 사람을 돕지 못하고 그냥 지나친 것이다. 남을 도와주느냐 마느냐의 결정적 요인은 마음에 여유가 있느냐 없느냐였고, 선한 마음을 빼앗는 건 악한 마음이 아니라 바쁜 마음이었다.

여행 내내 친구와 말했다. 왜 빅아일랜드 사람들은 하나같이 천사 같을까. 쩔쩔매는 나를 위해 가던 길을 멈추고 선뜻 도움을 주었던 많은 사람들. 그들의 착한 마음은 시간에 쫓기지 않는 삶에서 비롯된 게 아닐까.

괜찮아

하늘은 맑고
나무는 싱그러워서
버스를 놓쳐도
어쩐지 화가 나지 않아요

느리게

집에 가는 빠른 길을 두고
풍경이 예쁜 길로 돌아서 갑니다
시킨 음식을 바로 먹지 않고
해변으로 들고 가 먹습니다
약속 시간보다 일찍 나와
지나가는 사람들의 표정을 감상합니다

느리게, 알차게 살아갑니다

도대체 언제 놀아

바쁨을 자랑하지 않는 이곳, 하와이에서는 여유를 부려도 죄책감이 들지 않는다. 여유를 게으름으로 곡해하지 않으니까. 그래서인지 가장 바빠야 할 고3의 일상도 조금 다르게 흘러간다. 하와이에서 나고 자란 엘리자베스와 학창 시절 얘기를 한 적이 있다. 나는 그녀에게 한국 학생들의 압도적인 공부량에 대해 설명했다. 불평하는 마음이 컸지만 내심 '공부, 하면 한국인이지' 하는 과시의 마음도 없지는 않았다.

"내가 고3 땐 0교시라는 게 있었어."
"그게 뭐야?"

"1교시 전에 하는 수업. 오전 7시 30분에 시작해."

"뭐? 7시 30분?"

"수업이 다 끝나면 교실에서 밤 10시까지 또 공부하고."

"설마."

"학교 끝나면 독서실로 가서 새벽 2시까지 또 공부하고."

"맙소사."

"그리고 다음날 다시 0교시를 가."

"잠깐만! 그럼 도대체 너네는 언제 서핑을 배워? 언제 취미 생활을 해? 도대체 언제 놀아?"

"음… 그런 건 잠시 포기하는 거지."

"우리 학교는 2시 반이면 수업이 끝났는데."

"고3도?"

"물론이지."

초등학교도 아니고 오후 2시 반에 끝나는 고등학교라니. 그보다 더 놀라웠던 건 "그럼 도대체 너희들은 언제 놀아?"라고 물어오는 엘리자베스의 반응이었다. 여태 그런 질문은 들어본 적도, 해본 적도 없었다. 공부는 받아들여야 하는 숙명이고, 늚은 인생을 망치는 숙적이었으니까. 옳고 그름을 떠나 그녀의 시각 차가 신선했다.

　중학교 영어 선생님인 절친에게 말해주고 싶어서 한국으로 전화를 걸었다. 엄청 놀라면서 부러워하겠지. 하지만 그녀는 예상과 전혀 다른 반응을 보였다. "뭐? 2시 반? 아니 그럼 걔네는 학교 끝나고 긴긴 시간 동안 뭘 한대?"

　오 마이 갓. 나는 공부밖에 모르는 선생님에게 소리쳤다. "뭘 하긴! 수업이 끝나면 바다로, 산으로, 폭포로, 모험을 떠나지!"

바다를 보고 싶은 날

옛날 옛날에
하와이안들은 자신들이
바다에서 왔다고 믿었대
그래서 기분이 좋은 날에도 나쁜 날에도
심지어 아픈 날에도 바다에 간다지
바다가 그들을 치유해줄 거란
믿음이 있기 때문에

삶에 지쳤다면
그대, 잠시 바다에게 기대어봐

03

사소한 날들을 기념해

이런 뉴스

"오늘은 엄마 물개가 아기 물개에게
수영을 가르쳤습니다"
이런 소식이 뉴스에 나오는 곳,
하와이

소박한 성취감

구글맵이 알려주는 것보다
더 빠른 지름길을 발견했어요
거주민은 공짜로 만들 수 있는
도서관 카드를 만들었어요
방금 막 들어온 신간 만화책을
제일 먼저 빌렸어요

사소하고 소박한 날조차
기념일이 됩니다

두근두근

하와이대학교에서의 10주 어학연수 프로그램이 끝날 즈음, 같이 수업을 듣는 일본인 마사코네 집으로 모였다. 하와이에 오려고 오사카 시청을 그만둔 마사코, 후쿠오카 현청을 휴직한 레이코, 여행사에 사표를 낸 와카나, 커피숍을 그만둔 사야, 영어 학원을 퇴사한 무즈코, 남편을 홀로 도쿄에 두고 온 가정주부 유미까지. 하던 일도 전혀 다르고 나이도 천차만별이었지만 우리는 아주 끈끈한 동지가 되었다.

그날은 며칠 뒤면 일본으로 돌아가는 친구들과 작별 인사를 하려고 모였는데 헤어지는 게 너무 아쉬워서 짧은 영어로 아주 긴 대화를 나누었다. 그러다 자연스럽게 나온 미래에 대한 계획. 시작은 무즈

코였다.

"태어나서 한 번도 면접을 본 적이 없어. 아버지가 운영하는 학원에서 쭉 일해왔거든. 그런데 최근에 목표가 하나 생겼어. 3년 뒤에 다시 하와이에 올 거야. 여기서 영문과 대학원을 졸업한 다음에 외국 랭귀지 스쿨에서 영어를 가르치고 싶어. 일본어로 영어를 가르치는 게 아니라 영어로 영어를 가르치고 싶어."

무즈코의 얘기가 끝나자 유미가 말을 이어 나갔다. 요새 자신도 하와이 칼리지에 입학해서 한국어나 중국어를 전공해볼까 생각하고 있다고. "왜 한국어야? 한국어가 네게 실용성이 있어?"라고 묻자, 그냥, 배워보고 싶어서, 라는 대답이 웃는 표정과 함께 돌아왔다. 내일모레면 환갑인 그녀에게 외국어 공부는 가산점을 얻기 위한 수단이 아니라 그 자체가 유희였던 것. 그런 그녀에게 실용성을 논하다니 나도 참 나다. 득이 되고 효용성이 있어야만 가치 있는 배움으로 취급하는 사고에 갇혀 살다보니 그런 느슨한 마음으로도 얼마든지 배움을 시작할 수 있다는 걸 잠시 잊었다.

며칠 전 버스 안에서 레이코와 마사코도 이런 얘

길 했었다. 예전부터 미국이란 나라에 대해 막연한 두려움이 있었다고. 그런데 하와이에 오고나니 이젠 미국 본토는 어떤 곳일까 궁금해졌다고. 그래서 내년에 둘이서 차 한 대를 빌려 국도 66번을 타고 시카고에서 라스베이거스, 그랜드 캐니언, 로스앤젤레스까지 가볼 거라고. 우연인지 필연인지 나도 이 무렵 그동안 실행할 엄두가 나지 않았던 글(지금 여러분이 읽고 계시는)을 써야겠다고 마음먹은 터라 서로가 서로를 진심으로 격려하고 응원해주었다. 밤 10시가 넘어 슬슬 집에 가기 위해 밖으로 나왔을 때 우리는 수학여행 온 여고생마냥 살짝 들떠 있었다.

예전엔 값싼 술로 꿈에 대한 얘기만 했다.
요즘은 비싼 술로 돈에 대한 얘기만 하고 있다.

몇 년 전 사무실에서 이 카피를 보았을 때 가슴이 뜨끔했다. 언제부턴가 사람들을 만나면 나도 그렇고 그들도 그렇고 대화의 주를 이루는 건 결혼이나 연봉, 이직, 집값뿐이었다. 3, 40대에게서 그들의 재미있는 계획, 반짝반짝한 꿈 얘기를 듣는 게 정말 오랜만이었다. 꿈이라는 닳고 닳은 단어에 심드렁한 나이가 되었다고 생각했는데, 그날 친구들 이야기를 들으니 무척 설레었다.

저걸 이룰 수 있을까 없을까 하는 성공 여부는 더이상 나의 관심사가 아니다. 도중에 그만두면 어떻고 계획을 바꾸면 또 어떤가. 여전히 꿈을 꿀 수 있는 사람이라는 게 그냥 멋지다. 나는 내가 1년 후에도 10년 후에도 계속 무언가를 꿈꿀 수 있었으면 좋겠다. 꼭 이뤄내지 않더라도 꿈을 꾸는 행위 자체를 유희했으면 좋겠다. 아직 탑승하지 않은 비행기 티켓을 안쪽 호주머니에 품고 사는 것처럼, 언제나 나의 삶이 두근거릴 수 있게.

나의 처음 리스트

처음 서핑을 하고
처음 훌라를 추고
처음 지프를 몰고
처음 오크라를 먹고
처음 바다거북과 수영을 하고
처음 은하수를 보고
인생에 처음이 많아집니다

유의미한 날

첫사랑, 첫 키스, 첫 배낭여행, 첫 월급, 첫 자동차. '처음'은 우리에게 특별한 기억을 안겨준다. 지금까지 살면서 수많은 도넛을 먹었지만 내가 생생하게 기억하고 있는 도넛은 하나다. 그것은 2000년도 중반에 안양롯데백화점 지하 매장에서 먹었던 크리스피크림도넛. 당시에는 매장 앞에 줄을 서면 갓 나온 따끈따끈한 오리지널 도넛을 한 개씩 공짜로 주었다. 항상 줄이 엄청나게 길었지만 뭐 공짜라니까 나와 친구도 긴 줄에 합류했다. 드디어 우리차례가 되어 간신히 손에 넣은 도넛을 한입 문 순간, 미처 씹기도 전에 도넛의 일부가 혀에서 사르르 녹더니 순식간에 입안 가득 퍼지는 달달함. 그건, 아는 맛도 먹어본 맛도 아니었다. 낯선 식감과 놀라운 맛에 어찌나 감동했던지. 요새는 어제 점심으로 뭘 먹었는지도 가물가물한데, 십 수 년 전에 먹었던 크리스피크림도넛만큼은 여전히 또렷하게 기억하고 있다. 그날 그 매장의 온도와 냄새까지도.

이런 궁금증을 가진 적이 있다. 왜 지금의 1년은 어릴 때보다 훨씬 짧게 느껴질까? 아이의 시간은 어른의 시간보다 천천히 흐를까? 아마도 그건 어릴 적엔 처음 보고 처음 느끼고 처음 먹고 처음 경험해보는 것들이 많기 때문이 아닐까. 무언가에 익숙해지면 우리는 더 이상 그것을 의식하지 않게 된다. 아무런 의미를 두지 않는다. 의미가 없으니 금세 까먹게 되고 까먹게 되면 그것은 없던 것과 마찬가지처럼 되어버린다. 그렇게 어른의 인생엔 없던 것과 마찬가지인 날들이 많은 게 아닐까. 없던 것과 마찬가지인 날들이 점점 늘어나면서 지금의 1년은 365일이 아닌 137일 혹은 82일이 되어버린 게 아닐까.

하와이에서 반년을 살았다. 회사를 다녔다면 상반기 인사 고과에서 하반기 인사 고과로 넘어가는 시간 정도로 느꼈겠지만, 나의 6개월이 다른 때보다 길고 풍부했던 건 하와이에서 행했던 대부분의 것들이 처음이었기 때문일 거다. 서핑을 하고 은하수를 보는 특별한 경험뿐만 아니라 은행 계좌를 열고 도서관 카드를 만들고 버스를 타고 요리를 하는, 그동안 무신경하게 행했던 일상까지도 낯선 이곳에선 의식을 갖게 되고 기억할 만한 의미 있는 일이 되었던 것. 단 하루도 버릴 게 없던 나날. 그 소중한 기억은 어느 힘든 날에 불쑥 떠올라 위로가 되고 어느 평범한 날에 불쑥 떠올라 그리움이 되겠지. 영원히 없어지지 않고 잊혀지지 않은 채.

편견 없이

일본인은 속을 알 수 없어
중국인은 엄청 시끄러워
한국인은 믿으면 안 돼
하와이안은 무척 게을러

서로 친구가 되니
모두 좋은 사람이었습니다

별 볼 일

1994년 로스앤젤레스에 지진이 일어나 도시가 정전됐다. 일부 주민들은 밤하늘을 보고 깜짝 놀라 경찰에 신고했다. 사유는 하늘에 '거대한 은빛 구름'이 나타났다는 것. 알고보니 그 정체는 은하수였다. 그럴 만도 한 게 은하수를 들어만 봤지 실제로 본 적이 있어야지. 인공조명으로 인해 낮처럼 환해진 밤의 세상. 《잠의 사생활》이란 책을 보면 미국 주민 중 3분의 2, 유럽 주민 중 절반이 밤하늘이 너무 밝아서 맨눈으로 은하수를 볼 수 없는 곳에 살고있다고 한다. 우리는 어떨까? 이 글을 쓰면서 기사를 찾아보니 한국인 90퍼센트 정도가 별을 완벽하게 볼 수 없는 지역에 살고있다고 한다.

십여 년 전 인도에 갔을 때 오르차라는 작은 마을에 머문 적이 있다. 하루는 저녁을 먹고 게스트하우스 옥상에 올라가 일행들과 놀고 있는데 갑자기 마을 전체가 정전이 되었다. 가로등이며 전등불이며 모든 조명이 꺼지자 밤하늘의 스위치가 탁 켜졌다. 수많은 별들이 일제히 반짝반짝. 감탄하려는 찰나에 서둘러 전기가 들어왔다. 동시에 별들은 제 모습을 감췄고 다시 육안으로 볼 수 있는 별이라고는 고작 열 손가락 정도. 그때 알았다. 밤하늘을 수놓았던 별들은 사라지지 않고 제자리에 있었다는 걸. 단지 눈으로 보지 못할 뿐.

별은 나에게 노스탤지어 같은 존재라서 텅 빈 밤하늘을 보면 왠지 모르게 마음이 그립고 아련해진다. 아무 생각 없이 고개를 들었을 때 별들이 시야를 꽉 채워준다면 얼마나 좋을까. 그럼 나는 시야 밖에 있는 별들도 두 눈에 담고 싶어서 시선은 하늘에 고정한 채 아주 천천히 몸을 한 바퀴 돌릴 텐데. 그 소원이 마침내 하와이 빅아일랜드 섬에서 이루어졌다.

친구와 드라이브하고 에어비앤비로 돌아와 시계를 보니 아직 오후 6시도 안 된 시간이었다. 그런데도 세상은 검은색 크레파스를 몽땅 써서 칠한 것처럼 새까맸다. 밥 먹기 전에 가볍게 산책이나 할 겸 마당을 나섰는데 사방이 칠흑이어서 문자 그대로 한 치 앞도 보이지 않았다. 그렇다면 혹시! 고개를 들어 올린 순간, 나는 로스앤젤레스의 주민이 되어 버렸다. 경찰에 신고하는 대신 옆에 있는 친구에게 물었다. 저것이 무엇이냐고. 그녀는 답했다. 저것이 은하수라고. 정전이 되지 않아도, 천문대에 오르지 않아도, 망원경이 없어도, 동네에서 그냥 맨눈으로 고개만 들면 볼 수 있는 은하수. 벌러덩 누워 그토록 보고 싶었던 별을 오랫동안 보았다. 청승맞게 눈물이 조금 나왔다. 친구 모르게 눈가를 닦았다.

세상엔 대체할 수 있는 게 많이 있다. 필름 카메라로 찍든 디지털 카메라로 찍든 사진은 찍힌다. 종이책으로 읽든 전자책으로 읽든 똑같은 텍스트다. 그런데 필름 사진이 주는 감성은 디지털 사진으로 대체가 되지 않는다. 종이책의 감성을 전자책이 자아낼 수 없다. 똑같은 오브제지만 똑같은 사진이 아니며 똑같은 텍스트지만 똑같은 책이 아니다. 마찬가지로 여행이 주는 감성을 음악이 대체할 수 없다. 음악이 주는 감성을 영화가 대체할 수 없고, 영화가 주는 감성을 책이 대체할 수 없다. 각각의 감성은 개별적인 영역을 가지고 있다. 별이 주는 감성 역시 음악이나 미술, 여행 같은 걸로는 좀처럼 대체되지 않는다. 어쩌면 그 예쁘고 소중한 감성의 한 영역을 잃어버리고 싶지 않아서 나는 그토록 별을 갈망하고 있는지 모르겠다.

새벽 공기

매일 새벽
바람이 배달해줘요
지구가 갓 뿜어낸
달고 신선한 공기

어쩌다 새로움

실수로 한 정거장 더 가서 내리니
전혀 다른 풍경이 펼쳐져 있었습니다
목적지 반대편으로 걸어가보니
못 보던 바다가 흐르고 있었습니다

익숙함에서 새로움으로 가는 길은
겨우 몇 걸음이면 충분했습니다

자전거를 타면 생각나는 노래

토요일 정오, 집 앞 골목길에서 아빠는 열두 살의 나에게 자전거를 가르쳐줬다. 아빠의 어른 자전거로. 학급에서 맨 앞자리를 도맡던 키 작은 아이에겐 벅찬 크기였다. 일반적인 자세로는 도저히 페달이 닿지 않아 발끝을 쭈욱 끌어내려 까치발로 겨우겨우 페달을 돌렸다. 예나 지금이나 아빠들 육아법은 엄마들과 다르다.

아빠는 자전거 뒷부분을 잡고 천천히 앞으로 밀었다. 나는 "아빠, 절대 손 놓으면 안 돼! 절대 안 돼!"를 외치며 바퀴를 굴렸다. 반복 또 반복. 다시 밀어주는 자전거를 타면서 스스로를 안심시키려 "아빠, 절대 손 놓으면 안!" 하며 뒤를 돌아보는데,

그가 아주 저 멀리 있었다. 도대체. 언제부터. 손을 놓았던 걸까. 얼른 고개를 앞으로 하고 원망스런 아빠!!!를 불렀다. 그는 껄껄껄 웃었던 것 같다. 손을 놓은 아빠에 대한 배신감과 혼자서 자전거를 타고 있다는 성취감이 한데 뒤섞여 너무 화가 나고 너무 행복했다. 그날 이후로 다른 이의 도움 없이 자전거를 탈 수 있게 되었다. 그것이 설령 나보다 큰 자전거일지라도.

걷고 뛰는 것만 할 줄 알았던 두 다리가 자전거를 맛보자 흥분했다. '서서' 걷지 않아도, '앉아서' 두 다리를 돌리기만 해도 몸이 앞으로 나아간다는 새로운 원리. 더 나아가, 걷고 뛰는 것과는 차원이 다른 속도. 기어다니는 아기가 첫걸음마를 뗐을 때 느낄 법한 경이를 열두 살에 느꼈다. 두 다리는 바퀴를 굴리고 싶어 안달이 났다. 저녁을 먹고 안방으로 들어간 부모님이 텔레비전 켜는 소리가 들리면 몰래 밖으로 나가 집 근처 공설 주차장에서 자전거를 몇 바퀴씩 탄 후 조용히 들어와 아무 일 없었다는 듯 잠을 잤다. 같은 방을 쓰는 언니만 아는 비밀이었다. 교복 치마를 입어야 하는 중학생이 되기 전까지 자전거 바퀴는 나의 확장된 두 다리였다.

다시 자전거를 탄 건 20여 년이 흐른 뒤였다. 친

구와 놀러간 경주에서 자전거를 빌렸다. 오랜만이라서 자신 없었는데 페달을 밟자 몸이 알아서 균형을 잡아주었다. 고마운 몸아, 너는 감각을 잊지 않고 있었구나. 열두 살에 느꼈던 흥분이 발끝에서부터 퍼져 올라왔다. 서서히 몸에 가속도가 붙으면서 얼굴에 닿는 바람이 느려졌다 빨라졌다. 헛걸음하기 싫어서 포기했던 수많은 길을 주저 없이 달렸다. 도보로 다녔던 경주와 다른 경주가 펼쳐졌다. 서울에 올라와서 곧바로 중고 자전거를 구매했다. 뒷바퀴가 앞바퀴보다 작고 앞에 바구니가 달린, 나보다 아담한 자전거였다. 주말마다 아담이를 타고 이웃 동네까지 활보했다.

아침 7시 수영을 다니면서 새벽에도 자전거를 타기 시작했다. 회사 근처 수영장까지 이동 시간만 40분이었는데, 그중 15분은 집에서 지하철 역까지 걸어가는 시간이었다. 그것만이라도 조금 단축하고자 월수금 새벽 6시 20분에 일어나면 세수는 생략, 옷만 갈아입고 야구모자를 푹 눌러 쓴 채 자전거에 올라탔다. 지하철 역으로 향한 길은 대체로 내리막길. 페달을 열댓 번만 돌리면 다음부턴 저절로 쌩 나갔다. 자전거가 빨라질수록 다가오는 새벽 바람도 빨라졌고, 그 바람은 반팔과 반바지 아래로 드러난 맨살을 훑고 옷 틈 사이로 들어와 속살까지 훑고서 몸에 남아있는 여름 열기를 데리고 빠져나갔다. 지구의 신선한 바람과 아침의 태양을 온몸으로 맞이하며 내리막을 달리는 그때, 마음속에 노래 하나가 플레이되었다.

아침 해가 빛나는 끝이 없는 바닷가
맑은 공기 마시며 자아 신나게 달려보자
너와 내 가슴속에 가득 품은 큰 꿈은
세계 제일의 피구왕
뒤돌아보지 마! 패배가 있을 뿐
반짝이는 눈동자로 승리를 향해 가자
점프! 높이 올라 멀리 던져보자
뜨겁게 타오르는 정열의 벅찬 가슴
고된 훈련과 도전으로 시련을 이겨내리
넌 될 수 있어 세계의 피구왕
통키! 화이팅 피구왕왕왕왕왕

피구왕 통키를 속으로 따라 부르며 달린 그날 아침부터 수영장에 가려고 자전거만 타면 그 노래가 재생되었다. 수능 금지곡처럼 시도 때도 없이 튀어나오는 게 아니라 나름의 규칙이 있었다. '아침'에 '바람'을 맞으며 '내리막길'을 '달리는' 네 가지 조건이 맞아야 피구왕 통키가 흘러나왔다. 하와이에서도 어김없이.

마사코가 일본으로 돌아가면서 그녀의 자전거를
물려주었다. 서양인 다리 길이에 맞춘 게 분명해보
이는 키가 큰 녀석이었다. 안장에 앉으면 까치발을
세워도 두 발이 땅에 닿지 않았다. 아빠 자전거가
떠올랐다. 키다리 자전거로 한 달 동안 하와이 대학
교를 통학해보기로 했다.

눈을 뜨면 아침 7시. 짧은 기도를 끝내면 7시 5
분. 세수와 양치를 하면 7시 10분. 스킨 로션 선크림
을 바르면 7시 15분. 어제 만들어놓은 샐러드를 먹
으면 7시 25분. 옷을 갈아입고 밖으로 나서면 7시
30분. 버스 대신 자전거로 통학하는 첫날, 주차장에
묶어둔 자물쇠를 풀고 자전거 페달을 힘껏 돌려 내
리막을 달리는 순간, 튀어나왔다. 그 주제가가. "아
침 해가 빛나는 끝이 없는 바닷가, 맑은 공기 마시며
자아 신나게 달려보자."

알라와이 운하를 따라 쭉 뻗은 길을 10여 분 달리
면 두 갈래 길이 나온다. 직진을 하면 와이키키도서
관으로 가고, 좌회전을 하면 주택가와 상점들, 그리
고 그 끝에 하와이 대학교가 있다. 나는 핸들을 꺾
어 좌회전을 한다. 신나는 내리막길이 사라지고 약
간의 오르막길이 시작되면 마음속에서 피구왕 통키

가 꺼진다. 이제부턴 몸도 마음도 오르막길에 집중할 시간. 7시 55분, 학교에 도착하면 신속하게 자전거를 세우고 자물쇠를 채운다. 수업 시간 5분 전, 빠른 걸음으로 교실을 향한다.

하나의 장소를 버스로, 도보로, 그리고 자전거로 다닌 경험은 한 권의 책을 눈으로 읽고, 소리 내어 읽고, 필사하며 읽는 것처럼 서로 다른 인상으로 남는다. 버스를 타면서 놓쳤던 구석구석을 걸으면서 구경하고, 걸음으로는 느끼지 못한 바람의 속도를 자전거로 맛보고, 자전거가 놓친 풍경의 옆모습을 버스 차창으로 보면서 하와이를 여러 번 새겼다. 가끔 따릉이를 타고 경복궁 근처를 지나가는 외국인을 보면 하와이에서 자전거를 탔던 내가 생각난다. 자동차보다 느리게, 걸음보다 빠르게, 자전거의 속도로 마주친 하와이가 떠오르면서 살갗에 부드럽게 닿았던 바람까지 함께 따라온다.

행운을 발견하는 삶

땅만 보고 살면 볼 수 없어요
당신 머리 위에 떠 있는 무지개

04

나는 나와 친합니다

집으로 여행

집에 온 나는
관람객이 됩니다
침대에 누워
자연의 작품을 감상합니다

나에게 대접하는 한 끼

음식에 들어가는 재료는 양파나 피망 같은 것만이 아니다. 씻고 썰고 삶고 볶는 노력과 만들고 치우는 시간까지도 모두 재료이다. 몇 년 전 독립을 하고 내 손으로 직접 요리를 해본 다음에야 만들어준 음식을 먹는다는 게 얼마나 감사한 일인지 깨달았다. 찌개가 짜네 싱겁네, 저번 김치가 더 맛있네 어쩌네 하는 투정도 그만두게 되었다. 음식에 들어간 노력과 시간은 먹는 사람이 품평할 재료가 절대아니다.

엄마는 뚝딱뚝딱 요리한다고 생각해왔다. 그래서 고맙거나 미안한 마음이 들지 않았다. 똑같이 일하고 들어와도 저녁은 엄마가 차려주는 게 당연했다. 옷을 갈아입고 텔레비전을 보고 있으면 밥이며 찌개며 나물이며 뚝딱뚝딱 나오니까. 왜 엄마는 연속극을 한자리에서 진득하게 보지 않는지 왜 자꾸 들락날락했는지, 따로 살고나서야 알게 되었다.

독립을 하고 한두 달은 저녁을 만들려고 했었다. 난이도 낮은 레시피를 찾아서 핸드폰에 저장하고, 퇴근길에 양파나 감자 등 식재료를 샀다. 그런데 집에만 들어서면 마음이 돌변했다. 아직 식재료를 봉지에서 꺼내지도 않았는데 껍질을 벗기고 썰고 양념하고 간을 맞추고 설거지하고 뒷정리할 일을 생각하니 시작하기 전부터 피곤이 몰려왔다. 천천히 먹어도 30분이면 끝낼 저녁 한 끼 만들자고 그 시간과 노력을 쏟을 필요가 있나. 밥상 차리다 아까운 하루 다 가겠네 싶었다. 그래서 찾은 타협점이 사온 재료 중에서 프랑크소시지만 꺼내 굽는 거였다. 불쌍한 양파, 감자, 대파, 두부는 제 역할을 한 번도 못하고 썩어갔다. 식재료를 통째로 버리는 일이 반복되면서 이게 무슨 낭비인가 싶어 종국에는 요리와의 인연을 끊어버렸다. 역시 나란 사람은 요리에 재능이 없어, 그렇게 결론짓고서 온라인으로 각종 찌개와 반찬, 햇반 한 박스를 주문했다.

하와이에 갔다고 한국에서의 식습관이 한 번에

달라지지는 않았다. 아침엔 간단히 과일을 먹고 하루 두 끼를 사서 먹었다. 그러다 석 달쯤 되었을 때 매일 지출하는 외식비도 부담됐지만, 결정적으로 바깥 음식이 물리면서 정성껏 만든 집밥이 먹고 싶어졌다. 갓 만든 한 끼를 나에게 먹이기 위해 직접 요리에 나섰다.

일본카레, 고등어무조림, 생선구이, 터키샌드위치, 감자볶음, 연어스테이크, 소고기스테이크, 오징어볶음, 문어볶음, 계란찜, 아보카도비빔밥, 아보카도샐러드, 계란부추볶음, 삼겹살두루치기, 참치고추장찌개, 된장국, 감자조림, 감바스, 과카몰리, 옥수수전, 감자짜글이, 만둣국, 바지락칼국수, 오징어무침….

손에 익숙지 않아서 재료를 다듬는 모양새가 어설프고 보통 사람보다 두세 배 품이 들지만, 내가 만든 것치고는 꽤나 맛있어서 어찌나 놀랍던지. 자랑하고 싶어서 아주 혼났다. 귀찮은 줄만 알았던 요리도 시간을 내어 해보니 소꿉놀이처럼 재미있었다. 내게 필요했던 건 재능이 아니라 요리할 시간이었을지도 모르겠다. 친구를 초대해 만든 음식을 대접하는 일도 처음 해보았다.

나 자신을 위해 내가 할 수 있는 가장 정성스러운 일이 요리라는 생각이 든다. 말 그대로 요리는 '나를 먹여 살리는 일'. 이제는 고등어를 앞뒤로 노릇노릇 구워 나에게 먹이는 일이 번거롭게 느껴지지 않는다. 월요일과 목요일에만 오는 생선 트럭에서 해산물을 사서 집으로 가는 발걸음이 행복하다. 내 손으로 오징어를 손질하고, 바지락을 꼼꼼히 해감해 오늘 먹을 만큼만 남겨두고 냉동실에 보관한다. 시간 있을 때 마늘을 빻아 바로바로 쓸 수 있게 얼려 두고, 구매한 식재료는 나중에 쓰기 편하게 다듬어둔다. 한 망 가득했던 양파와 감자를 하나도 썩히지 않고 쓴다. 압력솥에서 새어나오는 밥 냄새를 맡으며 찌개를 만들고, 찌개를 끓이는 동안 밑반찬을 만들고, 손을 놀리지 않고 중간중간 설거지도 해둔다. 따뜻한 한 끼가 완성되면 좋아하는 그릇에 밥과 반찬, 찌개를 담아 나무 트레이에 올리고 도자기 받침에 수저를 놓는다. 그 한 상 차림을 나에게 대접한다.

누군가를 위해 요리하는 기쁨은 클 것이다. 하지만 이렇게 먼저, 남이 아닌 나 자신을 위해 기꺼이 요리할 줄 아는 사람이 되어 나는 더욱 기쁘다.

건물주의 삶

1평짜리 카페
1평짜리 식당
1평짜리 극장
1평짜리 도서관

어느 곳에나 돗자리를 펴면
나만의 1평이 생기지요

척하지 않기

외로울 땐
외로워하기
모를 땐
모른다 하기
싫을 땐
싫은 티 내기

척하지 않고
살아가기

까짓 영어 울렁증

영어를 포기한 시기는 중학교 1학년 1학기로 거슬러 올라간다. 우리 반에는 두 명의 은혜가 있었다. 한 명은 영어를 잘하는 이은혜, 한 명은 영어를 못하는 신은혜. 잘하는 은혜는 영어 선생님이 던지는 모든 질문에 헤르미온느처럼 손을 들었고 그때마다 선생님은 그 아이의 이름이자 나의 이름인 "은혜"를 불렀다. 나는 선생님 눈을 피하느라 바빴다. 소극적인 내가 안타까웠는지 아니면 답답했는지 하루는 영어 선생님이 지나가는 말로 얘기했다. "저 은혜는 잘하는데, 이 은혜는 왜 이러니?"

그 말을 한 귀로 듣고 한 귀로 흘려보내기엔 열네 살의 감수성은 예민했다. 수치스러웠고 평생 영어를 두렵게 만들었다. 영어 선생님이 미워서 수업 시간에 엎드려 자기 시작한 게 대학교 1학년 교양 수업 때까지 계속됐다. 이러니 스물셋에 딜레이라는 단어 뜻도 모를 수밖에. 이랬던 영어 바보가 하와이에 가서 살게 될 줄이야….

일만 하느라 새해가 새해같이 느껴지지 않던 직장인 7년 차 어느 날, 카피라이터 친구와 신년 기분 좀 내보려고 내기를 하나 했다. 각자 인생에서 불가능하다고 생각한 것에 도전해보기로. 각각 25만 원씩 50만 원을 걸고서. 이것이 오랜 콤플렉스였던 영어와 다시 조우하게 된 계기였다.

2015년 2월 2일, 퇴근 후 영국문화원에 레벨 테스트를 받으러 간 날이 아직도 생생하다. 건물 앞에서서 들어갈까 말까 10여 분을 망설이다가 내기에 걸린 25만 원이 아까워서 두 눈 질끈 감고 들어갔다. 영어로 물어오는 선생님의 질문에 단 한 마디도 대답 못 하고 어색한 미소만 지은 결과, 초급보다 더 초급인 기초 레벨을 받았다. 한 달치 수강료를 지불하고 부끄러움으로 후끈해진 얼굴을 겨울 바람에 식히며 집으로 걸어갔다. 다음날 첫 수업에 들어가는데 이쯤 되니 더는 부끄러울 것도 없겠다는 마음이 들었다. 모든 수치심을 내려놓고 시작한 영어는

의외로 배울 만했다. 원어민 선생님 입장에선 외국인인 내가 (모국어가 아닌 제2 외국어인) 영어를 못하는 게 당연했고, 그래서인지 문법이나 발음이 틀렸건 말건 "그뤠잇~!"을 남발하셨다. 틀려도 창피를 당하지 않는다는 걸 알자 조금씩 편하게 입을 열 수 있게 됐다.

인간이 가장 공포를 느낀다는 높이 10미터. 공중 그네 곡예사들은 그 높이에서 몸을 던져 그네를 옮겨 탄다. 그런데 그들도 처음에는 그물로 떨어지는 연습만 한다고 한다. 유도 역시 낙법부터 배운다고. 《나는 당신에게만 열리는 책》의 저자는 말한다. 잘 넘어지는 법, 낙법이라는 것은 상대를 공격하는 게 아니라 자신의 무게를 감당할 수 있는 방법인 것 같다고. 자전거를 타면서 알게 된 바람의 맛, 그것은 핸들 조작이라든지 중심을 잡는 연습이 아니라 넘어지는 걸 겁내지 않게 된 마음이 준 선물이라고. 틀리는 것, 비판당하는 것, 거절당하는 것 혹은 이별하는 것. 이런 것들을 두려워하지 않게 될 때 우리는 고양이처럼 우아하게 이 삶에 착지할 수 있게 될지 모른다고.

버킷리스트에 자주 올라오는 '해외 어디에서 한 달 살아보기' 같은 꿈은 언제나 내 것이 아니었다. 해외에서 살아보는 기대감보다 영어에 대한 두려움이 훨씬 더 컸으니까. 평생 극복할 수 없을 거라 여겼던 두려움을 극복할 수 있었던 건 삼십 대라는 나이가 준 힘이 컸다. 어느샌가 나는 십 대 때보다 제법 단단해지고 얼굴도 두꺼워져서 틀리고 실수하는 것에 비교적 무디어져 있었다. 그리고 내려놓을 줄도 알게 되었다. 어릴 때는 잘해야 된다는 부담감을 갖고 무언가를 시작했고, 때론 그 부담감이 아예 시작을 못하게 만들기도 했다. 직장 생활을 하고 여러 프로젝트를 진행하면서 인정하게 되었다. 내가 모든 일을 다 잘할 순 없다는 것을. 이번 일을 잘했다고 다음 일까지 잘하리라는 보장도 없고, 반대로 이번 일을 못했다고 다음 일까지 못하리라는 보장도 없다.

영어 학원을 처음 등록했을 때까지만 해도 2년 뒤에 하와이에서 살아보게 될 줄 전혀 몰랐다. 나의 목표는 '여행 가서 영어로 체크인 체크아웃 하고 음식 주문할 수 있기' 정도였다. 아마도 영어를 배우는 과정에서 반복되는 실수, 실망, 창피 들을 조금씩 두려워하지 않게 되면서, 나도 모르는 사이에 고양이처럼 우아하게 하와이의 삶에 착지할 수 있게 되었는지 모르겠다.

패셔니스타

햇볕에 탄 피부는
가장 예쁜 외출복입니다

초딩처럼

아침 먹고, 풍덩
점심 먹고, 풍덩
간식 먹고, 또 풍덩

피곤, 그게 뭐예요?

자기만의 방, 자기만의 삶

버지니아 울프는 말했다. 여성이 글을 쓰기 위해서는 돈과 자기만의 방이 필요하다고. 그녀가 살던 시대로부터 백 년 가까이 지났지만, 그녀의 주장은 여전히 내게 유효하게 다가온다. 남녀를 떠나, 꼭 글을 쓸 목적이 아니어도, 그저 한 명의 존재가 자기 자신으로 살기 위해 필요한 최소한의 것, 그것은 타인의 간섭으로부터 방문을 걸어 잠글 수 있는 '자기만의 방'이 아닐까 싶다.

우리 가족은 엄마, 아빠, 언니 둘 그리고 나까지 다섯이다. 방이 다섯 개가 아니고서야 1인 1방은 불가능했다. 외향적인 언니들과 달리 혼자 있어야만 비로소 에너지가 충전되는 나는 직장인 5년 차에 목

돈이라 부를 만한 약간의 돈이 모이자마자 바로 독립했다.

옥상을 독차지한 아담한 원룸이었다. 이곳에 있는 물건은 젓가락부터 그릇, 화분, 쓰레기통, TV, 침대까지 하나하나 내 취향의 집합소가 되었다. 거기에 생활 습관과 세월이 더해지자 어느새 나의 집은 나라는 사람의 정체성이 되었다. 집에 놀러 온 사람마다 말하곤 했다.

"네 집은 뭔가 너를 닮았어."

집 안에 있는 사물뿐만이 아니라 밖에서 들어온 햇살도, 살랑거리는 바람도, 옥상에 막 떨어진 눈송이도, 유유히 흐르는 시간까지도 이곳에선 전부 나만의 것이었다. 어떤 누구와도 공유할 필요 없는, 오로지 나만이 소유하고 향유하는 곳, 이런 장소가 세상에 어디 또 있을까.

만약 나에게 의식주 중에 무엇이 가장 중요하냐고 묻는다면 나의 대답은 단연코 '주' 다. 그래서 하와이행 비행기 티켓을 끊고 이민 가방까지 다 쌌지만 정작 지낼 곳은 정하지 않았었다. 하루 이틀 묵을 숙소가 아니라 반년 간 생활할 집을 계약하는 거니까 인터넷에 올라온 사진만 보고 섣불리 정하기보단 발품을 팔아 직접 눈으로 확인하고 결정하고 싶었다. 하와이에 도착한 후 게스트하우스에 2주간 묵으면서 본격적으로 집을 찾기 시작했다.

하와이에서의 집 찾기란 서울만큼이나 쉽지 않았다. 교차로 같은 한인 생활 정보 신문과 온라인 커뮤니티에서 조건에 맞는 집을 발견해 찾아가보고 며칠 뒤 계약하려고 전화하면 주인이 마음을 바꿔 집을 세놓지 않거나, 갑자기 처음 제시한 가격보다 더 올리려고 흥정해오는 일을 겪고나니 완전히 녹다운이 되고 말았다. 그렇게 십여 군데를 넘게 돌아다닌 끝에 계약한 첫 번째 집은 침대맡 창문을 열면 알라모아나 비치가 펼쳐지는 집이었다. 금요일 밤이면 창문 사이로 불꽃놀이가 보이고, 밤에는 아파트 수영장에서 별을 보며 수영할 수 있는 꿈 같은 곳이었다. 한 달간의 계약이 끝나고 다음에 이사한 집은 와이키키 랜드마크라는 이름에서 느껴지듯 위풍 있는 아파트였다. 이 집을 떠올릴 때면 고스란히 따라오는 여러 감각들이 있다. 피부에 닿는 느낌이 좋았던 침대 시트, 아침마다 잠든 눈가에 내려앉던 햇살, 그 햇살에 눈을 떠 가장 먼저 마주했던 대자연의 하늘, 거실 창문에서 몇 번이나 마주쳤던 쌍무지개, 무지개의 생성과 소멸을 가만히 응시하던 시간들, 텔레비전 대신 창문 너머로 공원에서 축구 하는 아이들을 보며 먹었던 저녁 식사, 내 방으로부터 위로받고 에너지를 얻고 행복을 느낀 나날들이었다.

하와이에는 꼭 가봐야 할 명소가 많다. 하지만 하와이에서 오직 나만이 아는, 오직 나만을 위한 명소가 있다. 그곳은 나만의 방이다.

금기를 깨다

본명은 Haiku Stairs
예명은 Stairs to Heaven
천국으로 가는 계단, 3922개

이곳은 1942년 제2차 세계대전 당시 미국 해군과 안테나로 통신하기 위한 비밀 기지로 세워졌던 터라, 한 계단도 에둘러 가는 법 없이 오로지 위를 향해 직진한다. 덕분에 최단 시간 내 정상에 도착할 수 있는 반면, 군인이 아닌 이상은 초입부터 허벅지 근육이 비명을 지르고 난리가 난다. 등산용으로 지어진 게 아니다보니 계단이라기보다는 사다리에 가깝고, 어떤 구간은 경사면이 거의 직각인데다 계단까지 삐거덕거려서 양손으론 난간을 부여잡고 속으론 심장을 부여잡게 된다.

이런 까닭에 안전상의 이유로 1987년부터는 출입구를 닫고 접근 금지 팻말을 달았지만 여전히 많은 사람들이 이곳을 찾고 있다. 그들을 잡으려고 입구 쪽에 경비원을 두었는데도 일부는 용케 경비원을 피해 갈 수 있는 산길을 찾아내 기어코 진입한다. 누군가에겐 그렇게까지 해서라도 꼭 가보고 싶은 곳이겠지.

나는 아니었다. 산 정상을 찍는 성취감보다는 산에 오르며 사부작사부작 주변 경치를 구경하는 맛에 등산하는 쪽이라서 극기 훈련은 하고 싶지 않았다. 불법인 것도 꺼림칙했고. 하지만 돌연 이곳에 가겠다고 마음을 바꾼 건 일본인 친구 레이코의 한마디 때문이었다. 바다로 유명한 하와이에서 레이코는 이곳을 '하와이 최고의 장소'로 꼽으며 "두 번이고 세 번이고 또 가고 싶을 정도"라고 말했다. 대체 얼마나 좋길래? 나는 궁금해졌고, 곧장 레이코에게 청했다. 그 두 번째는 나와 함께 가자고.

집에서 Stairs to Heaven까지는 버스를 타고 편도 한 시간 반, 버스에서 내려 정상까지 왕복 네 시간. 우리는 태양이 뜨거운 시간대를 피하기 위해 새벽에 출발하기로 했다. 나는 중간중간에 먹을 간식을,

레이코는 정상에 도착해서 먹을 점심용 샌드위치를 준비했다. 새벽 6시 30분. 알라모아나 쇼핑센터 안에 있는 버스 정류장. 약속대로 우리 둘은 푸르스름한 새벽 공기를 마시며 55번 버스를 탔다.

입구에 도착하자 출입 금지 팻말이 붙은 철망이 가로막고 있었다. 다행히(?) 철망 오른쪽 가장자리에는 사람이 철사를 끊어놓은 게 분명해 보이는 작은 개구멍이 있었다. 잠시 망설이는 찰나 이십 대 초반의 서양인 혼성 멤버 여섯이 우르르 오더니 가방을 잽싸게 구멍에 밀어넣고 한 사람씩 몸을 이래저래 구겨서 들어갔다. 우리도 몸을 요래조래 구겨서 들어갔다. 그 다음부턴 레이코의 기억을 따라 경비원을 피해 갈 수 있는 대나무 숲으로 들어가서 오래전 어떤 이가 다음 사람을 위해 나뭇가지에 묶어놓은 주황색 리본을 이정표 삼아 걸었다. 걷다보니 계단 입구에 이르렀다.

눈으로 보아도 가파른 계단은 몸으로 오르니 훨씬 더 가팔랐다. 암벽을 등반하는 기분이랄까. 전신은 괴로운데 마음은 어쩐지 평온했다. 뒤를 돌아보면 낭떠러지 같은 계단 아래로 아름답게 펼쳐진 하와이의 전경. 오르면 오를수록 텔레비전 채널을 돌린 것같이 확연히 달라지는 풍경. 고소 공포증이 심해서 바이킹도 못 타는 주제에 어디서 그런 대범

함이 나왔는지 자꾸만 멈춰 서서 아래를 보고 또 보았다.

지퍼백에 넣어온 멜론을 1차로 먹고 과자를 2차로 먹고 사과를 3차로 먹고 사탕을 4차로 먹고 얼음물을 절반 이상 마셨을 때쯤 군사용 시설로 쓰였을 법한 10여 평 남짓의 폐허에 도착했다. 이제는 무슨 용도로 사용됐었는지 도통 알 수 없는 고철 덩어리가 놓여있고, 벽면 곳곳에는 그래피티와 스머프 캐릭터들이 그려져있었다. 집에서 색색별 래커를 챙겨왔을 청춘, 가방 속에서 딸그락거리는 래커 소리를 들으며 여기에 올라왔을 청춘, 키득키득거리며 벽에 칠했을 청춘이 머릿속에 그려졌다. 그들의 흔적들을 카메라에 담고 다시 발걸음을 옮겼다.

드디어 정상에 도착. 몸이 휘청거릴 정도로 강한 바람이 우리를 맞이해주었다. 먼저 올라와 천국을 감상하고 있는 사람들에게 눈인사를 하며 레이코와 나는 안테나가 설치된 건물 지붕에 올라갔다. 뷰가 예쁜 곳에 자리를 잡고 레이코가 만들어온 샌드위치를 사이좋게 나눠 먹었다. 성취감 같은 거창한 감정을 느끼며.

불법인데 거길 왜 갔어요, 누군가는 핀잔을 줄 수도 있겠다. 지당하신 말씀이다. 오르는 내내 이거

이거 괜히 출입 금지시킨 게 아니네, 사고가 나도 이상할 게 하나 없다 싶었다. 하지만 거길 가지 않았다면 보지 못했을 어마어마한 광경과 오랜만에 느껴보는 심장의 두근거림, 서로의 컨디션을 챙겨주던 레이코와의 추억, 정상에서 느꼈던 거창한 성취감, 이 모든 게 가슴이 먹먹할 만큼 소중해서 매사 '안전 제일'을 최우선으로 여기던 금기를 깨길 잘했다는 생각이 들었다. 물론 다치지 않고 무사히 내려왔기에 할 수 있는 철없는 소리겠지만.

하와이에 간다면 여길 꼭 가봐야 한다 말하고 싶진 않다. 대신 스스로 그어놓은 금기 하나 정도는 깨도 좋지 않을까 생각한다. 예를 들면 평소엔 절대 못 입겠던 옷을 입어본다든지(저도 입어보았습니다!), 평소엔 절대 못 하겠던 메이크업을 해본다든지(제겐 노메이크업이 그것이었습니다), 평소엔 절대 못 하겠던 행동을 해본다든지(처음 본 외국인에게 먼저 말을 걸어보았습니다), 비키니 차림으로 버스를 탄다든지(하와이에선 괜찮습니다). 한국에서 데려온 '평소의 나'는 잠시 숙소에 두고, '새로운 나'를 외출시켜보는 거다. 한국이 아닌 어딘가에서. 아무도 나를 모르는 그곳에서.

부자 되는 법

뱃살이 늘었어요
주근깨가 늘었어요
웃음이 늘었어요
친구가 늘었어요
감사가 늘었어요
호기심이 늘었어요
하고 싶은 게 늘었어요

혼자지만 외롭지 않게

간지럼 타지 않는 사람을 보면 신기하다. 나는
내 쪽으로 뻗어오는 손만 봐도 자지러지는데 어떻
게 옆구리를 간질간질해도 아무렇지 않을 수 있지?
어쩌면 나를 신기하게 봤던 사람들도 이런 반응이
었나 싶다. 외로움을 전혀 타지 않는 나는 어떻게
혼자 있는데 외롭지 않을 수 있냐는 말을 수없이 들
어왔다.

약속이 깨지면 서운한 마음보다 혼자 있을 수 있
다는 안도가 먼저 든다. 퇴근하고 친한 사람들을 만
나는 건 언제나 즐겁지만, 일주일에 한두 번이 넘으
면 힘들어진다. 함께 노는 것도 좋아하지만 혼자 노
는 것을 더 좋아한다. 굳이 비율로 따지자면 70:30

으로 혼자 있는 것을 선호한다. 정말 급하거나 특별한 일이 아니고서는 퇴근 이후의 약속은 대부분 사양이다. 회식이라고 예외는 아니다. 퇴근길에 동네 슈퍼에 들러 먹고 싶은 과자를 잔뜩 사서 집으로 갈 때면 월급날 자식들에게 먹일 치킨을 사 들고 가는 옛 아버지의 흐뭇한 심정을 알 것만도 같다. 신발을 벗고 텔레비전과 마주 보고 있는 테이블에 과자 꾸러미를 툭 올려놓은 다음 후다닥 씻고 나와 적당히 늘어진 옷으로 갈아입고 커다란 쿠션에 몸을 푸욱 기댄 후 방금 사온 과자를 먹으며 드라마를 본다. 유명한 레스토랑에서의 디너도 (설령 그것이 공짜라 할지라도) 나에겐 이것보단 즐겁지 않다. 나는 정말 나와 친했다.

그런데 하와이에 온 지 세 달 정도 되었을 때 극심한 외로움이 찾아왔다. 아주 당혹스러운 감정이었다. 사실 퇴사하기 전에 세웠던 오리지널 계획은 1년간 세계 일주를 하는 거였다. 먼저 호주와 뉴질랜드에서 한 달, 하와이에서 다섯 달, 북미와 남미에서 두 달, 유럽에서 두 달, 인도와 네팔에서 한 달, 마지막으로 동남아시아에서 한 달, 그리고 귀국하기. 시간 나는 대로 틈틈이 도서관에 가서 세계 일주와 관련된 책들을 빌렸고, 책들 옆에 노트와 펜을 준비해놓고선 필요하다 싶은 부분은 기록하고 쓸모 없다 싶은 부분은 챕터를 통째로 넘기며 수십 권의 책을 뗐다. 배낭여행자들이 여행 중간에 겪었던 외로움에 관한 에피소드가 통째로 넘겨버린 챕터였다. 장기 여행 중에 외로움이 기습했고, 그것이 남긴 후유증은 평생 꿈꾸고 오래 준비한 세계 일주마저 중도에 포기해버리고 싶을 정도로 고약했다고 써있었다. 한 남자는 외로움이 찾아왔을 때 자신이 왜 세계 일주를 하려고 했었는지 초심을 되새기고 되새기며 극복했다고 했다. 다른 사람들도 자신만의 노하우를 써놨지만 앞부분만 훑고 넘겨버리는 바람에 지금은 그 방법을 알고 싶어도 알 수가 없다. 당신네는 그랬을지 모르지만 나는 그런 부류의 사람이 아니라고 확고하게 선을 그었던 내가 이제와 읽었던 많은 여행 책들 중에 여태 기억하고 있는 내용은 저 부분뿐이다.

외로움, 대체 이 감정은 어디서 온 걸까? 며칠 동안 끈질기게 근원지를 찾아 나섰다. 그리고 내가 찾아낸 깨달음은 이것이다.

아! 지금껏 나는 내 인생에서 완벽하게 혼자였던 적이 없었구나.

퇴근 이후의 삶은 혼자였지만 퇴근 이전의 삶은 직장 동료들과 함께였다. 그들은 하와이에 가는 나를 빈손으로 보내지 않고 달러를 담은 봉투와 에코백, 목베개, 수저 세트를 쥐어주었다. 하와이에 잘 다녀오라는 말로도 충분한데 친구들은 폴라로이드 카메라를 선물하고, 위장이 약한 내가 양배추를 갈아 먹을 수 있게 110볼트짜리 믹서기를 사주고, 필요한 거 있으면 알려달라는 문자를 보냈다. 홀로 떠난 과거의 여행에서도 도착은 언제나 혼자 했지만 여행길은 우연히 만나 금세 가까워진 사람들과 함께였다. 하와이에서 3개월을 지내다보니 어느덧 많은 친구들이 곁에 있었다. 하와이에서 처음 사귄 정민 언니, 영어 공부를 하면서 만난 일본 친구들, 한국에서 나를 보러 와준 신나니. 일상의 70퍼센트는 혼자 음미했지만, 나머지 30퍼센트는 누군가가 있었다. 그런데 3개월 무비자가 만료되거나 랭귀지 스쿨이 끝나면서 거의 동시에 모두 떠나갔다. 만나자고 연락할 사람도, 연락 올 사람도 없이 100퍼센트 혼자가 되었다. 실연당한 사람처럼 가는 곳곳마다 친구들과의 추억이 떠올라 슬펐다.

하와이에 온 이후로 한국에 있는 친구들에게 전화하는 걸 일부러 피해왔다. 다들 쳐내기 바쁜 업무와 감당하기 힘든 직장 상사에게 치여 사는데 숨기려 해도 숨길 수 없는 들뜬 목소리로 통화하는 게 어쩐지 의도치 않게 나의 행복을 자랑하는 거 같아 미안했기 때문이다. 외로움이 찾아온 뒤에는 하와이까지 가서 쓸쓸해하는 초라한 모습을 들키고 싶지 않았다. 하지만 나의 외로움도 다른 여행자들 것처럼 고약했고 나는 여행의 초심을 되새기는 대신에 친구들에게 전화를 걸었다.

나 너무 외롭다, 지금.

언제나 그래왔던 것처럼 그들은 나의 얘기를 들어주었다. 어울리지 않게 외로움을 타고 있다며 놀렸다. 한바탕 웃었다. 나도 그들의 걱정거리를 가만히 들어주었다. 전화를 끊었다. 집에서 적당히 늘어진 옷을 입고 좋아하는 과자를 먹으며 한바탕 수다를 떤 것처럼 마음이 평온해졌다.

나의 삶이 혼자서 순조롭게 굴러갈 수 있었던 건, 매일 만나고 매일 연락하지 않아도 그냥 전화를 걸면 그냥 전화를 받고, 그냥 만나자 하면 그냥 만나는 이들이 삶의 밑바탕에 있었기 때문이었다. 내 인생에 훈수를 두는 대신에 나의 속내를 가만히 들어주는 이들. 혼자 있는 삶은 함께 있는 삶이라는 뿌리가 지탱하고 있었음을 이제야 깨닫는다. 그토록 사랑했던 나만의 삶은 스스로 이뤄낸 것이 아니라 함께 이뤄낸 것이었음을.

예쁘게 삶

웃음으로
풀 메이크업 했어요
맨얼굴인데
참 예뻐 보여요

어떻게든 되겠지

하와이에 들고 간 가방은 두 가지. 생필품을 가득 채운 3단 이민 가방과 출국 날 면세점에서 구매한 50리터 배낭 가방. 미국 학생 비자를 받으려고 3월에 출국해 10월에 귀국하는 일정으로 왕복 티켓을 끊었지만, 그 이후 계획은 없어서 반년을 하와이에 더 있을지 아니면 한국으로 돌아올지 그것도 아니면 하와이를 기점으로 세계를 한 바퀴 돌지 열린 미래였다. 혹시 모르니 배낭부터 사두자 했던 거다.

서촌 집에서 세계 일주를 구상할 때까지만 해도 뭐 어떻게든 되겠지 싶어 각종 예방 접종을 받고, 오프라인 매장에 가서 내 몸에 맞는 배낭도 고르고, 6대륙 중 어디를 갈지도 찍어놨는데, 막상 하와이에서 귀국 날짜가 다가오자 이민 가방을 버리고 배낭 가방을 멜 자신이 없었다. 별 다른 준비 없이 잘만 떠났던 무식한 용기는 어디로 간 걸까. 지나온 여행의 경험은 지식을 더해준 대신 용기를 빼앗아갔다. 스스로를 안심시킬 만큼 계획을 철저히 세우기엔 너무 게으르고, 더군다나 하와이에서 외로움의 쓴 맛을 제대로 맛본 후엔 혼자 떠나기가 주저됐다.

어느 토요일 아침, 리스닝 수업을 함께 듣는 레이코, 카요, 치사토와 하이킹을 갔다. 친구들은 내년 까지 공부를 계속할 예정이고, 나는 이번 학기가 마지막이었다. 어학연수가 끝나면 귀국 날까지 한 달 반의 시간이 있었다. 그 시간에 무얼 할 거냐고 레이코가 물었다. 실은 쿠바에 가보고 싶었는데 잘 모르겠다고 어물거렸다. 그러자 레이코가 나만 괜찮다면 따라가겠단다. 나는 좋다고 했다. 불확실한 계획 앞에서 우리는 깨져도 그만인 약속을 쉽게 하곤 한다. 이번에도 그러하리라. 쿠바에 가는 걸 저렇게 쉽게 결정할 리 없잖아. 그런데 그녀는 진심이었다. 다음 주 토요일, 하이킹하다가 만난 스페인 청년 카를로스에게 스페인어를 배워왔다.

레이코 말로는, 카를로스는 하와이에 오기 직전에 놀랍게도 쿠바를 여행했단다. 그에 따르면 쿠바에는 내국인 전용 화폐와 외국인 전용 화폐가 있는

데 너희는 외국인이라서 같은 물건도 비싸게 구매하겠지만 너무 억울해하진 말란다. 대중 화장실에는 휴지가 없으니 밖에 나갈 때 필히 휴지를 소지하고, 미국과 쿠바의 외교 관계가 좋지 않으니 미국 본토에서 쿠바로 직행하기보단 중미의 다른 나라를 경유해서 가라는 정보를 주었다. 그래서 우리는 쿠바와 가까운 멕시코를 들르기로 했다. 우리의 1차 루트가 정해졌다. 하와이→미국 본토→멕시코시티→쿠바→멕시코 칸쿤→미국 본토→하와이

미국은 어디를 갈까? 레이코는 샌프란시스코를 골랐다. 그곳에서 박람회를 준비할 직장 동료를 돕고 싶단다. 나는 LA를 골랐다. 그곳에 살고 있는 재수생 시절의 단짝을 만나고 싶었다. 따로 출발해 멕시코시티에서 합류하기로 했다. 딱히 마음에 드는 장소가 없어서 돌아올 때도 원래 계획대로 LA를 두 번 경유하는 일정을 짰다. 그러고는 큰 기대 없이 레이코가 고른 샌프란시스코를 검색창에 입력해봤다. 그때 한 장의 사진이 눈에 들어왔다. 꾸불꾸불한 언덕길에 알록달록한 화단이 가득한, 지브리 애니메이션의 한 장면을 갖다 심어놓은 듯한 롬바드 언덕이었다. 애니메이션을 보며 자라난 감수성이 마음을 간질였다. 샌프란시스코에 가야 할 명분이

거기에 있었다.

하와이→샌프란시스코→멕시코시티→쿠바→멕시코 칸쿤→LA→하와이. 대략적인 루트만 정하고 비행기를 탔다. 구체적인 계획은 없지만 나에겐 레이코가 있고, 레이코에겐 내가 있으니까. 뭐 어떻게든 되겠지. 근거 없는 용기가 생겼다.

05

스마트하지 않아도
괜찮습니다

지금을 살아요

밥 먹을 땐 밥만 먹기
책 읽을 땐 책만 읽기
대화할 땐 대화만 하기

핸드폰은 내려놓고
지금에 충실하기

귀여운 삶

가요보다는
만화 주제가를 부르게 되는
요즘입니다

스마트하지 않아도 돼

쿠바에는 내비게이션이 없다. 구글맵도 작동하지 않고 와이파이도 안 된다. 그렇지만 걱정할 필요 없다. 주소만 알면 다 물어물어 갈 수 있다. 가야할 주소지를 지나가는 사람에게 보여주면 그 사람은 옆 사람에게 물어보고 옆 사람은 건너편 사람에게 물어보고 그러다 보면 어느새 목적지에 도착해 있다.

물론 약간의 우여곡절이 있을 수 있다. 바라데로에서 트리니다드로 갈 때의 일이다. 까사에서 불러준 택시를 타고 이동하기를 5시간. 해가 질 무렵 트리니다드 마을 초입에 들어섰다. 택시는 중간중간 멈춰서 동네 사람들에게 주소지가 어디에 있는지 물었다. 그때 자전거를 탄 아저씨가 자신을 따라오라고 손짓했다. 택시는 자전거를 뒤따랐고, 자전거가 멈춘 곳에서 멈췄다. 자전거 아저씨는 자신을 그 주소지의 주인이라고 소개했다. 그러면서 얼른 따라 들어오라고 또 손짓.

그를 따라 계단을 오르는데 문득 이상한 예감이 들었다. 에어비앤비로 예약했을 때 호스트는 분명 여자였는데. 확인차 물었다. "당신이 앤드리나예요? 제 호스트는 앤드리나인데요." 그는 앤드리나가 자기 여동생이라고 답했다. 뒤이어 그가 안내한 방은 예약할 때 사진으로 봤던 것과 너무 달랐고 변기엔 엉덩이를 대는 하드 커버도 없었다. 여기가 진짜 앤드리나네 맞냐고 재차 묻자, 지금 걔네 화장실이 고장나서 너희를 여기로 데려오게 됐다고 대꾸했다. 그런 얘기를 전혀 듣지 못했다고 받아치자 그는, 걔네 화장실이 오늘 아침에 갑자기 고장났거든, 이라고 응수하는 것이 아닌가. 나 역시 물러서지 않고 오늘 점심에 연락했을 때도 그런 얘긴 없었다고 하자 그제야 하는 말이 "거기 까사 얼마야? 거기보다 싸게 해줄게." 옆에서 가만히 듣고만 있던 레이코가 더 이상 참지 못하고 입을 열었다. "우린 이미 돈을 다 지불했어요! 우린 지금 현금이 하나도 없어요!" 한껏 실망한 그의 표정이 되돌아왔다.

순진해 보이는 우리를 호객하려고 엉뚱한 데로 데려온 사기꾼. 끝까지 억울하다며 자긴 진짜 앤드리아의 오빠라고 주장했다. 그렇다면 여동생네 집으로 안내해달라고 요구했지만 그는 그럴 수 없다며 우리를 그곳으로 데려다주지 않았다. 할 수 있는 복수라고는 당신이 정말 오빠인지 아닌지 물어볼 거라고 으름장을 놓으며 사기꾼의 얼굴을 핸드폰으로 찍는 것뿐이었다. (당연히 앤드리나는 그 사진을 보고 고개를 저었다.)

집 찾기 게임이 시작되었다. 동네 사람들은 저마다 기억하고 있는 주소의 위치와 그곳으로 가는 방법이 달라서 이리 갔다 저리 갔다를 수십 번. 15분이면 갈 곳을 한 시간 넘게 돌고 돌아 겨우 도착했다. 생각해보면 언어도 안 통하고 스마트폰도 무용지물인 그곳에서 주소 적힌 종이 하나가 어떻게든 목적지로 인도해준다는 게 신기하고 감사하다. 그 날 짐을 풀면서, 저녁을 먹으면서, 산책하면서, 우리는 사기꾼을 떠올렸고 그때마다 웃음이 터졌다. 화나고 고생스러운 상황도 조금만 지나면 우리만의 웃기고 특별한 에피소드가 되니, 이것이 여행의 마법 아닐까.

쿠바에서 와이파이를 이용하려면 수고가 필요하

다. 일단 머무는 도시에서 에떽사라는 쿠바 국영 통신사를 찾아야 한다. 건물 바깥에서 줄을 서면 한두 명씩 입장시켜주는데 그곳에서 신용 카드 크기의 쿠폰을 구매한다. 와이파이 쿠폰은 한 시간만 사용할 수 있다. 이게 끝이냐, 아니다. 와이파이는 공원이나 광장, 호텔 주변에서만 잡힌다. 그런데 와이파이 가능 구역이라고 알려주는 푯말이 없다. 그냥 많은 사람들이 모여 일제히 핸드폰만 보고 있다면 그 장소가 그 장소! 장소를 찾았다면 구매한 쿠폰을 복권처럼 긁는다. 그럼 일련번호가 나오고 그 번호를 와이파이 로그인 화면에 입력하면 그때부터 시간이 카운트된다. 내 경우엔 쿠폰 세 장을 사서 일주일 동안 썼으니 인터넷에 접속한 시간이 하루에 30분. 주로 가족들에게 생사를 통보하고, 예약한 까사 호스트에게 도착 예정 시간을 알려주는 데 사용했다.

언제부턴가 와이파이가 조금만 느려도 엄청 답답하고 안 터지면 불안하다. 스마트폰이 없으면 불편한 게 한둘이 아니다. 하지만 아이폰이 처음 출시된 게 2009년이니까 스마트폰 없이 산 세월이 더 길다. 그땐 어떻게 살았을까 싶지만 아주 잘 살았다. 책을 보면서 친구를 기다리고, 좋아하는 가수의 CD가 발매되는 날짜에 맞춰 레코드 가게에 가고, 만화책 신간이 나오면 서로 돌려보고, 갑자기 궁금한 게 생기면 친구에게 전화하고, 잠자기 전에 라디오를 듣고, 다양한 것들이 시간의 공백을 채워주었다.

쿠바로 떠나기 전, 가장 걱정됐던 게 와이파이였다. 스페인어를 하나도 못 하는데 의사소통은 어떻게 하고, 숙소는 어떻게 찾고, 호스트에게 어떻게 연락하고, 이동은 어떻게 할지…. 시시때때로 검색할 게 천지일 텐데 어떡하나 싶었다. 그런데 현실은 와이파이 없이도 잘만 돌아갔다. '여기서 가장 맛있는 아이스크림 가게가 어디예요?'라는 말을 스페인어로 어떻게 하는지 가르쳐준 건 구글 번역기가 아니라 공원에서 만난 쿠바 아저씨였다. 현지인만 아는 맛집으로 안내해준 건 유튜브가 아니라 동네 주민이었다. 쿠바가 얼마나 안전하냐면 인구 절반이 경찰이라고 생각해도 좋아, 이런 재미있는 이야기를 해준 건 시가를 파는 상인이었다. 다음 도시로 가려면 택시와 버스를 타는 방법이 있는데 택시는 얼마고 버스는 얼마라고 알려준 건 까사의 호스트, 버스 터미널까지 가는 방법은 호스트의 여동생이 알려주었다. 와이파이의 빈자리를 사람이 꽉 채우고 있었다.

한국에 돌아와 핸드폰을 다시 개통할 때 일부러 데이터가 가장 낮은 요금제를 골랐다. 스마트폰이 채웠던 시간의 공백을 다른 것들로 채우고 싶어서. 요사이 외출할 때면 입을 옷을 고르듯 밖에서 읽을 책을 고른다. 버스 안에서, 친구를 기다리면서, 헌혈을 하면서, 파마를 하면서 스마트폰 대신 책을 보고 있는데, 이런 변화가 아주 마음에 든다.

마음을 과속하지 않는 삶

하늘을 봅니다
흘러가는 구름의 속도에 맞춰
어느새 마음도 느려집니다

아바나의 행복

가난은 불편한 거지 불행한 게 아니라고
올드 아바나가 말해주었습니다

걱정을 잠시 뒤로

집안일을 혼자 담당하는 1인 가구로 살다보니 옷을 고르는 방법이 달라졌다. 가격과 디자인이 마음에 들어도 세탁이 까다로우면 탈락이다. 우리 집 터프한 통돌이가 옷감이 상하지 않게 울 세탁을 잘 해낼 수 있을지 의심되고, 단독 손빨래는 게으른 나를 믿을 수 없다. 구김이 잘 생겨서 다려 입어야 하는 의류도 탈락이다. 옷을 고를 때 예쁜 옷을 입은 내 모습보다 그 옷을 빨래하는 나를 먼저 생각하게 된다.

에메랄드 빛 바다에서 수영하는 나를 상상하며 생애 처음 수영을 배우고, 수경과 오리발, 스노클링 장비를 챙겨 하와이에 갔다. 기대가 크면 실망도 크다는 법칙이 하와이 바다에서는 통하지 않았다. 와이키키 비치와 알라모아나 비치에서 그간 배워온 자유형과 평영을 선보이고, 하나우마 베이에서 물고기를 구경했다. 그러나 물 밖으로 나온 나는 '하와이+수영+아름다운 모습'을 상상하는 동안 계속 누락시켜온 한 사람과 마주할 수 있었다. 수영이 끝난 후 뒤처리를 담당하는 나.

건조한 바람이 바닷물에 젖은 몸을 말리면 소금기만 남은 살갗이 따끔거린다. 거기에 선크림까지 뒤섞이면 얼굴이 따갑다 못해 화끈거리고 두 눈은 슬프지도 않은데 자꾸만 눈물이 나온다. 얼른 야외에 설치된 간이 샤워장으로 가야 한다. 쏟아져 나오는 물은 얼음장 같아 이를 악물게 되고, 소금기와 모래가 씻겨나간 팔다리마다 닭살이 돋아난다. 물기를 닦은 비치 타월과 한 번 헹군 수영 도구들, 모래를 탈탈 턴 돗자리를 가방에 넣는다. 짐이 늘지도 않았는데 훨씬 무거워진 가방을 들고 집으로 간다. 현관을 열자마자 욕실로 직행해 몸에 달라붙은 축축한 수영복과 래시 가드를 벗겨낸다. 매번 뒤집혀서 벗겨지는 팔 부분을 끄집어내고 수영복 틈새에 낀 모래를 꼼꼼히 털어낸 후 젖은 비치 타월과 함께 세탁기에 넣고 동작 버튼을 누른다. 다시 욕실로 들어와 본격적으로 샤워를 한다. 감은 머리를 수건으로 동여매고 방으로 갈라 치면 집안 곳곳에 떨어진 모래가 눈에 들어온다. 방으로 가려던 발을 청소함 쪽으로 돌려 빗자루를 꺼낸다.

이제는 바다에서 수영하고 있는 누군가의 예쁜 사진을 보면 부럽다는 생각은 잠시, 그 뒤에 따라오는 번거로움이 자동 연상된다. 바다, 수영, 소금기 따끔따끔, 간이 샤워장, 얼음장, 물 먹은 소지품, 축축한 수영복, 세탁, 이중 샤워, 모래.

어느새 바다에서 수영하는 나보다 뒤처리하는 나를 먼저 생각하게 되었다. 해변에 가면 반얀트리 그늘 아래 돗자리를 깔고 누워 쾌적한 상태를 유지하며 책 읽는 것이 좋았다. 또 한 가지, 이건 정말 인정하고 싶지 않았지만, 나는 바다 수영보다 실내 수영을 더 좋아하는 사람이란 걸 알게 되었다. 예고 없이 밀려오는 파도는 호흡을 방해하고, 레인이 없는 해수면은 내가 어디쯤 있는지 알려주지 않는다. 바닥이 보이지 않는 바닷속은 무서웠다. 알라모아나 비치에서 자유형 하는 사람을 뒤따라가다가 갑자기 너무 멀리 왔음을 인식하고 다시 해변가로 돌아가려고 안간힘을 썼던 당시를 생각하면 망망대해에 혼자 떠있는 공포심이 되살아난다. 안전한 실내와 방향을 알려주는 레인, 수영이 끝나도 따갑지 않은 몸, 따뜻한 물이 쏟아지는 샤워장, 넓고 깨끗한

탈의실, 구비된 타월과 헤어드라이어, 쾌적한 몸을 유지할 수 있는 수영을 좋아했던 것이다.

칸쿤에 오기 전부터 레이코에게 '치첸이트사+세노테' 1일 투어를 하자고 말했다. 마야 시대의 수도였던 치첸이트사에 가면 피라미드를 볼 수 있다고 어느 패키지 여행 홍보지에서 봤기 때문이다. 특히 석회암 동굴 천장이 빗물에 무너져내려 지하수가 드러난 거대 샘물, 세노테는 수영을 좋아하는 그녀와 나에게 특별한 추억이 될 거 같았다.

조식도 못 먹고 아침 일찍 올라탄 투어 버스는 점심쯤 우리를 내려주었다. 감사하게도 날씨가 화창했다. 치첸이트사에는 마야인이 세운 건축물이 무수하지만 그중에서 가장 유명한 건축물은 단연 피라미드 엘 카스티요. 멕시코 가이드의 이야기(를 온전히 알아듣지 못해서 나중에 더 찾아본 바)로는 피라미드 네 개의 면이 각각 91개의 계단으로 되어 있고 이것을 모두 합치면 91x4=364개, 여기에 피라미드 꼭대기에 있는 제단까지 더하면 365개, 1년을 의미한다고. 파라오의 무덤으로 쓰인 이집트 피라미드와 달리 마야 피라미드는 신전으로 쓰였다. 설명을 하다가 가이드가 피라미드 정면에서 손뼉을 쳤다. 그 소리가 계단을 타고 새소리처럼 메아리쳤다.

당시 신관이 위에서 말을 하면 그 소리가 돌을 타고 아래로 울려 퍼지도록 만들었다고 하니 괜히 세계 7대 불가사의로 지정된 게 아니구나 싶었다.

오후 4시가 넘어서 세노테에 도착했다. 지상 한가운데에 뻥 뚫린 천연 싱크홀이었다. 계단을 따라 50미터쯤 내려가면 지름 60미터, 수심 50미터 깊이의 샘물을 만난다. 현재를 사는 우리 눈에도 신비로운 광경이 과거 마야인들 눈에는 어떠했을까. 그들은 이곳에 신이 있다고 믿어서 사람을 제물로 바쳤다고 한다. 지금은 사람들이 즐기는 장소가 되었으니 세월은 많은 것을 바꾼다. 드디어 수영복 가방을 들고 내렸다. 그런데 갑자기 빗방울이 떨어지기 시작했다. 지금까지 좋았던 날씨가 이제 와서 왜. 빗방울이 점점 굵어지는 걸 보니 몇 분 뒤면 소나기가 될 것이 분명해 보였다. 투어 버스에서 내린 45명은 두 가지 기로에 놓였다. 1. 밖에서 세노테만 구경하고 비가 쏟아지기 전에 얼른 버스로 돌아간다. 2. 비가 오든 말든 세노테에서 수영을 한다. 나는 망설였다. 가뜩이나 비좁을 탈의실은 비까지 와서 꿉꿉할 텐데 그곳에서 티셔츠와 반바지, 속옷을 벗은 후 수영복으로 갈아입고 그 위에 래시 가드까지 입은 다음 가방을 사물함에 넣고 구명조끼를 빌려서 세노테에서 수영하고, 다시 구명조끼를 반납하고 사물함에서 짐을 꺼내 축축해진 수영복과 래시 가드를 벗고 스포츠 타월로 몸을 대충 닦은 후 그 위에 속옷을 입고 티셔츠, 반바지를 걸치고 비를 맞으며 버스가 세워진 주차장으로 달려가는 전개가 머릿속에 그려졌다.

"레이코, 난 안 갈래. 너 혼자 갔다 와."

언제나 나의 의견을 존중해주던 레이코가 이번만큼은 답답한 소리 그만하라는 듯이 대꾸했다.

"안 돼. 우리가 언제 또 여길 오겠어? 오늘이 우리 인생에서 마지막일 거야."

마지막. 맞는 말이다. 아마도 다시 세노테를 찾기는 힘들 것이다. 만약 칸쿤에 갈 만한 비용과 시간이 주어진다면 미래의 나는 그것을 아직 가보지 않은 미지의 나라를 여행하는 데 쓸 확률이 높다. 그래, 오늘이 마지막이다. 예상했던 대로 비좁고 꿉꿉하고 어두운 탈의실에서 비에 젖은 겉옷과 속옷을 벗고 수영복과 래시 가드를 입었다. 구명조끼를 빌려 입고, 동굴 아래로 내려갔다.

하나, 둘, 셋. 풍덩.

기분이, 죽여줬다. 하늘에서 쏟아지는 비를 맞으며 수영을 하는데 자꾸만 웃음이 나왔다. 레이코가

방수 카메라로 웃는 나를 찍었다. 손이 흔들리고 비가 와서 전부 심령사진처럼 나왔다. 그 사진을 보며 또 자지러졌다. 황홀한 기분과 멈추지 않는 웃음, 동굴에서 비를 맞으며 하는 수영, 바닥이 보이지 않는 깊이. 두려움을 삼킨 짜릿함. 모든 게 아름다웠다. 억지로 끌고 와준 레이코에게 고마웠다.

하기 싫은 것을 단호히 거절하고, 싫어하는 것을 돌려 말하지 않고, 싫어하는 사람을 만나지 않는 내가 되기까지 시간이 걸렸다. 원하는 대로 사는 삶은 쉽게 쟁취된 것이 아니었으므로 무엇보다 소중했다. 하지만 인생에는 억지로 하지 않으면 느끼지 못할 것들이 존재한다. 걱정은 잠시 뒤로하고 현재에 풍덩 빠지는 것도 괜찮겠구나 싶다. 가끔은.

모르면 모른다고 하기

한 여행지에 일주일 정도 머물게 되면 우리는 그곳을 제법 잘 안다고 생각하게 된다. 보름 정도 지나면 거기서 몇 달은 산 것 같은 느낌이 든다. 시내에서 숙소로 돌아가는 길쯤은 껌이고, 단골집도 여러 군데 생긴다. 얼굴을 알아보고 먼저 눈인사 해주는 동네 주민도 생기고, 밤거리에 적응하면서 귀가 시간도 점점 늦어지게 된다. 새로 온 한국인 여행객에게 동네 맛집과 쏠쏠한 정보까지 전수해주게 되면 진짜 현지인이 된 것만 같다.

멕시코 칸쿤에 머문 지 5일째 되는 날, 내가 그랬다. 전날 새벽에 레이코가 하와이로 돌아갔지만 혼자여도 걱정되지 않았다. 어디에 게스트하우스가 있고 버스 정류장이 있고 편의점이 있는지 이제 다 아니까, 아마추어처럼 두리번거릴 필요 없었다. 그날은 칸쿤에서 LA로 넘어가는 날이었다.

오후 5시 15분 비행기니까 일단 오전 9시에 게스트하우스에서 조식을 먹고 체크아웃한 다음에 배낭을 프런트에 맡겨놓고 첫날 갔던 플라야 델피네스 해변에 산책 갔다가 오후 2시쯤 돌아와 배낭을 찾고 ADO 버스 터미널로 슬슬 걸어가면 대충 2시 20분. 버스 터미널에서 칸쿤 공항까지 40분 걸리니까 넉넉히 비행기 출발 2시간 전엔 도착하겠네. 계산이 척척 되었다. 아무리 길치여도 이번만큼은 자신 있었다. ADO 버스 터미널은 거의 매일 지나쳤고, 거기에서 공항행 티켓을 끊는 건 아주 간단한 일이니까. 버스 터미널에 도착하자마자 능숙하게 칸쿤 공항으로 가는 가장 빠른 시간의 버스 티켓을 구매했다. 그때, 티켓을 건네며 판매원이 뭐라 말했다. 하지만 내가 알아들은 단어는 "~~eight" 뿐이었다.

버스가 8분 뒤에 출발한다는 건지, 버스 터미널 번호가 8번이라는 건지, 좌석 번호가 8번이라는 건지, 8이라는 단어만으로는 판매원의 말을 정확히 유추할 순 없었지만 군이 재확인하지 않았다. 여긴 내가 잘 아는 곳이니까, 초행자처럼 굴기 싫었다. 곧장 8번 터미널로 가서 티켓을 확인하는 안내원에게

표를 보여주며, "right?" 하고 물었다. 안내원은 티켓을 쓱 훑더니 "right!" 하고 대답했다. 거봐, 맞잖아. 속으로 흐뭇해하며 자리에 앉아마자 모자를 푹 눌러쓰고 음악을 들으며 잠을 자기 시작했다.

'지금 몇 시지?' 꽤 오래 잔 것 같아서 자세를 고쳐 앉고 시계를 보니 3시 40분. 맙소사. 이미 공항에 도착하고도 남아야 할 버스가 여전히 고속도로를 달리고 있었다. 순간 얼음물을 뒤집어쓴 것처럼 소름이 돋았다. 떨리는 손으로 구글맵을 켰다. 버스는 공항보다 한참 아래쪽, 그러니까 어제 놀러갔던 다른 도시로 가고 있었다. 핸드폰을 잡고 있던 손이 심하게 떨렸다. 사실이 아니길 바라며 운전석으로 가서 기사님께 물었다. "이거 공항 가는 버스죠?" 기사님은 정말 난감하다는 표정으로 고개를 흔들었다. 티켓을 꺼내 보여주며 안내원이 이 버스를 타라 했다고 울먹였지만 이미 엎질러진 물. 기사님이 내놓은 최선의 방법은 20분 후면 터미널에 도착하니까 거기서 다시 공항 가는 버스를 타라는 것.

"그 버스 타면 공항까지 얼마나 걸리는데요?"
"1시간 10분 정도."

그때는 이미 비행기가 하늘을 날고 있을 시간이

었다. 20분 뒤, 버스가 멈추고 문이 열리는 순간 총알처럼 뛰쳐나가 근처에 있는 아무 택시나 붙잡았다. "제발 저를 공항으로 데려가주세요." 흥정할 시간도 아까워서 택시 기사님이 부르는 대로 오케이. 까딱하면 비행기를 놓치게 생긴 불쌍한 여행객을 위해 기사님은 곧 아이가 나올 것 같은 산모를 태운 듯 전속력으로 달렸다.

차창 밖으로 칸쿤의 아름다운 풍경이 스쳤지만 눈에 들어오지 않았다. 비행기를 놓치면 티켓을 버리는 건 1차 문제고, 당일 묵을 숙소를 찾아야 하는데 칸쿤 공항은 와이파이가 되질 않아 일일이 발품을 팔거나 공항에서 하룻밤을 보내야 하는 게 2차 문제, LA 공항으로 친구가 픽업을 나오기로 했는데 지금 와이파이가 안 돼서 나오지 말라고 알려줄 수 없다는 게 3차 문제였다. 가장 큰 문제는 지금까지의 중미 여행이 이 마지막 상황으로 인해 악몽 같은 추억으로 남을 거라는 것. 모든 게 꼬리에 꼬리를 물고 마음을 괴롭혔다. 택시 기사님은 40분 걸릴 거라는 예상을 35분으로 단축시켜주었고 기적처럼 비행기 이륙 30분 전에 공항에 도착했다. 하지만 유나이티드 항공사는 비행기 출발 1시간 전에 체크인을 끝내는 게 규정이었다. 'closed' 표지판을 세우고 모든 직원이 들어가버렸고 항공사 카운터 앞엔 아무도 없었다.

　지나가는 공항 직원을 아무나 붙잡고 말도 안 되는 뒤죽박죽 영어로 티켓을 보여주고 텅 빈 항공사를 가리키며 헬프미를 외쳤다. 직원은 유나이티드 항공사 사무실이 2층에 있다고 가보라고 했다. 길을 헤매는 데 단 1분도 지체할 수 없는 나는 제발 그곳에 데려가 달라고 애원하다시피 부탁했다. 내 표정을 보고 심각한 사태라는 걸 느꼈는지 그는 빠른 걸음으로 나를 인도해주었다. 비행기 출발 25분 전. 항공사 사무실 직원에게 티켓을 보여주며 체크인을 못 했다고 버스를 잘못 타서 그렇게 됐다고 사정을 말했다. 항공사 직원은 컴퓨터를 두드리더니, 가장 빠른 비행기가 내일 아침에 있다고 그걸로 예약해주겠다고 말했다. "제발 지금 비행기 탈 수 있게 해주세요, 아직 비행기 이륙 안 했잖아요." (이렇게 말하고 싶었는데 The plane doesn't land yet ; 아직 비행기 착륙 안 했잖아요, 라고 반대로 말했다. 하지만 감사하게도 나의 의도를 파악해주셨다.) 떨리는 목소리 때문이었는지 그녀는 자신의 상관을 불렀고, 상관은 내게 수화물로 보낼 짐이 있냐고 물었다. 없다고 하자 LA에서 묵을 주소지를 확인하고 자신의 방으로 가 누군가와 통화를 한 다음 나에게 웃으며 말했다. "어서 가봐. 행운을 빌어."

비행기 출발 20분 전. 나를 사무실로 안내해준 공항 직원이 여전히 밖에서 기다려주고 있었다. 체크인 됐다고 말하자 곧바로 나를 검색대 앞까지 안내하고, 검색대 직원에게 사정을 말해 긴 줄을 제치고 첫 번째로 통과할 수 있게 도와주었다. 비행기 출발 15분 전. 온 힘을 다해 달려 게이트 앞에 도착했고 무사히 비행기에 탔다. 나는 죽다 살아난 나사렛이 되었다. 좌석에 착석하자마자 감사 기도를 드리고, 나를 도와준 모든 사람에게 닿길 바라며 마음속으로 감사하다고 말하고 또 말했다.

공자의 제자 유가 스승에게 물었다. 스승님, 안다는 것은 무엇일까요? 공자는 제자에게 이렇게 말했다. "유야, 아는 것은 안다 하고, 모르는 것은 모른다 하는 것이 아는 것이란다." 아는 것뿐만 아니라 모르는 걸 모른다고 인정하는 것까지 공자는 앎이라 말한다. 모르는 걸 인정하지 못하는 나는 앎에 한참 미치지 못하는 것 같다. 모르는데 아는 척, 이해하지 못했는데 이해한 척한다. 남들은 다 아는 것 같은데 나만 모른다고 하면 무식해 보일까봐 겉으론 태연하게 고개를 끄덕이고 있지만 속으론 모르는 걸 들키지 않을까 노심초사 좌불안석이다. 칸쿤에서도 모르는 것을 모른다 인정하고 "eight"이라는 말을 창구 직원에게 다시 한 번 물어봤더라면, 출발 전에 버스 기사님에게 재확인했더라면, 뒷좌석에 앉은 승객에게 물어봤더라면 여러 사람에게 민폐를 끼치는 일은 없었을 텐데 말이다.

여행은 첫인상보다 끝인상으로 기억될 때가 많다. 처음엔 좋았더라도 마지막에 소매치기를 당한다거나 변태를 만나거나 비행기를 놓치는 일을 겪으면 여행 전체의 이미지가 악몽으로 변한다. 반대로 처음엔 음식도 안 맞고 사람들도 불친절해서 나쁜 인상을 가졌더라도 마지막에 좋은 동행자를 만나거나 좋은 장소를 발견하게 되면 모든 것이 아름답게 남는다. 자칫 안 좋은 기억으로 남을 뻔한 칸쿤의 끝인상이 자기 일처럼 재빠르게 도와주었던 택시 기사님, 공항 직원, 항공사 직원 덕분에 반전될 수 있었다. 모르는데 아는 척, 이제는 정말 그만둘 때가 된 것 같다.

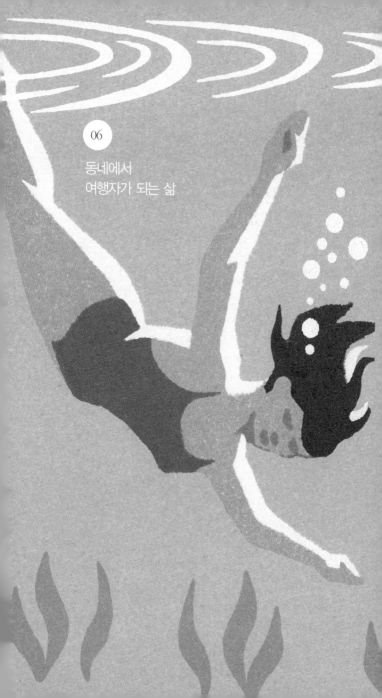

06

동네에서
여행자가 되는 삶

반짝반짝한 1년

365개의 보석이 들어 있었습니다
1년이라는 상자 안에

동네에서 여행자가 되는 삶

자두를 보고도 감동할 줄 아는 것이 시인의 재능이라고 작가 앙드레 지드는 말했다. 별거 아닌 것에 감탄하고, 당연한 것에 놀라는 재능. 그러고 보면 여행은 우리 안에 잠들어 있는 시인을 깨우러 가는 여정 같다.

지하철이라면 이미 신물 나도록 탔는데도 샌프란시스코선 코끼리 열차라도 되는 양 두근두근 탑승하게 된다. 평상시 핸드폰에 고정됐던 시선은 차창 밖으로 확장된다. 평소엔 살 것만 얼른 사고 발길을 돌리던 시장도 여행지에선 미술관 못지않은 존재가 된다. 가판대에 놓인 생선, 채소, 과일은 사진을 찍게 만드는 작품이 되고. 어디 그뿐인가. 매일 뜨고 지는 당연한 태양에도, 당연한 구름에도, 당연한 노을에도, 하다못해 쓰레기에도 감탄해 마지 않게 된다. 습관처럼 "버려주세요" 하던 영수증도 유럽에선 고이 챙겨 수첩 사이에 꽂아두고, 티켓, 버스표, 신문지, 돌멩이 같은 각종 쓰레기를 캐리어에 소중히 담아온다. 익숙한 생활로 인해 마모되고 둔탁해진 시각과 미각, 청각, 촉각 등 온갖 감각이 날카롭게 되살아나면서 새삼스럽지 않은 것들이 새삼스러워진다.

한국을 떠나 도착한 그곳에서 우리는 시인도 되었다가 어린아이도 된다. 반대로 자신의 나라로부터 떠나온 누군가는 한국에서 시인도 되고 어린아이도 되겠지. 예전에 영어를 배우러 다닌 영국문화원의 스코틀랜드 선생님에게 한국에서 가장 좋아하는 곳이 어디냐고 물은 적이 있다. 그는 망설임 없이 부여를 꼽았다. 뒤이어 자신이 좋아하는 지역을 줄줄이 나열하는데 나는 맞장구를 칠 수가 없었다. 그중에 가본 곳이 없었기 때문이다.

하와이에서도 비슷한 일이 있었다. 한국을 좋아하는 레이코가 서울에서 꼭 가보고 싶은 곳이라며 사진 한 장을 보여주었다. 산자락을 둘러싼 성곽과 주변을 감싸 안은 따뜻한 조명, 그 아래로 내려다보이는 서울의 야경이 낭만적인 장소였다. 나는 현지인 부심이 발동해서 곧바로 아는 척하기 시작했다. 여기 내가 사는 동네에서 걸어서도 갈 수 있다고, 한국에 오면 데려다주겠다고. 레이코가 부러운 표정으로 물었다. "와, 그럼 너 여기 가봤어?" 나는 우물쭈물 대답했다. "아니, 아직."

한국으로 돌아온 나는 시인의 재능과 어린아이의 감수성을 잃어버렸다. 모든 것에 시큰둥. 서울 하늘은 하와이처럼 파랗지 않고, 서울 날씨는 하와이처럼 화창하지 않고, 서울 공기는 하와이처럼 달지 않고, 서울 사람은 하와이처럼 살갑지 않아서 슬펐다. 하와이를 떠날 즈음 아쉬움도 컸지만 진짜 나의 집으로 돌아간다는 기쁨도 없지 않았는데, 막상 돌아와보니 반년 이상 비워둔 집은 먼지투성이에다가 세탁기는 고장나있고, 하와이에서 가져온 빨래는 산더미, 사온 꿀 하나가 터져서 이민 가방은 끈적끈적, 옥상에 디스플레이해둔 병들은 깨져서 뒹굴뒹굴. 난장판이었다.

2주 동안은 억울하게 유배된 사람처럼 집 밖을 나가지 않고 방을 쓸고 닦으며 하와이만 그리워했다. 히키코모리가 되기 일보 직전에 나를 흔들어 깨운 건 레이코의 사진이었다. '맞다. 거기에 가보자. 사진 찍어서 레이코에게 보내자.' 간만에 샤워를 했다. 추

리닝을 입었다. 모자를 썼다. 물을 챙겼다. 운동화를 신었다. 걷기 시작했다. 4년 전 서촌으로 이사 온 날부터 가야지, 가야지 하고선 한 번도 가지 않았던 성곽길에 드디어 올랐다.

그날이 아니었다면 한참을 모르고 살았을 것이다. 성곽길 입구는 자주 가던 수영장에서 불과 1분 거리에 있다는 걸. 단골 도서관에서 성곽길로 갈 수 있는 샛길이 있다는 걸. 교회 갈 때마다 지나쳤던 사직문에서 도서관으로 연결된 지름길이 있다는 걸. 인왕산 숲길을 통해 집은 물론이고 부암동 한옥도서관까지 갈 수 있다는 걸. 내가 알던 서촌과 전혀 다른 서촌이 곳곳에 산재해 있었다.

그날 이후로 나는 《우연한 산보》의 주인공처럼 동네에서 자주 태평한 미아가 되곤 한다. 그의 표현을 빌려, 의미 없이 걷는 즐거움을 알아가고 있다. 집에서 도보 5분 정도 걸리는 지름길을 두고 숲길을 뺑 돌아 도서관에 가거나, 도서관에 가려다 옆으로 새서 성곽길을 걷거나, 집으로 가는 익숙한 골목을 두고 새로운 길로 가거나, 어디로 통하는지 모르는 낯선 길에 들어서서 그 길 끝까지 가보곤 한다. 한 걸음 차이로, 익숙했던 동네는 낯선 곳으로 변하고 어느새 나는 다시 여행자가 된다.

힘들면 쉬자

가다가 힘들면 쉬자
쉬어도 힘들면 조금 더 쉬자
그래도 힘들면 그냥 내려가자

힘든 산을 끝까지 오르게 한 힘은
버티지 않으려는 마음이었습니다

무심하게 힘을 빼고

30여 가지 식물을 키우고 있다. 허리춤까지 오는 고무나무와 몬스테라, 팔뚝 정도 되는 사계치자, 콩고, 칼라페페, 손바닥 크기의 다육이부터 손가락만 한 선인장까지 옹기종기 살고있다. 유칼립투스와 몇 가지 다육이는 일찍이 곁을 떠나보냈다. 그 아이들에게 무심했기 때문이 아니라 지나치게 유심했기 때문이다.

식물은 많은 요구를 하지 않는다. 햇빛과 바람, 물이면 충분하다. 작고 겸손한 요구. 그것만이라도 충실히 들어주고 싶어서 볕이 잘드는 곳에 화분을 두고, 아침저녁으로 창문을 열어 바람을 맞게 해주었다. 또 뿌리가 마르지 않도록 신경 써서 물을 주었다. 문제는 '신경 써서' 준 물이었다. 나중에 식물 관련 책을 읽고 유튜브 영상을 찾아보다 알게 되었다. 식물을 죽이는 1순위가 바로 과습이라는 걸. 물을 주지 않아서 말라 죽는 경우보다 너무 줘서 죽는 경우가 대부분이란다. 떠나 보낸 식물들을 헤아려보니 역시나 과습이 원인이었다. 햇빛도 바람도 물도 듬뿍듬뿍 먹이고 싶은 마음이 부른 비극이었다. 사람은 과식하지 않는 것만으로도 온갖 질병을 예방할 수 있다는데, 식물도 마찬가지였다. 무엇이든 지나치면 독이 된다.

일하지 않은 지 1년이 되어갈 즈음, 본격적으로 구직을 시작했다. 애초에 광고가 싫어서 직장을 그만둔 것도 아니고 카피 쓰고 아이디어 내는 일을 좋아하니까 어느 회사로든 취직만 한다면 잘 적응할 수 있을 거라 예상했다. 세 회사에 이력서를 보냈고, 두 군데에서 같은 날 면접이 잡혔다. 출근하는 사람처럼 오랜만에 메이크업하고 단정한 코트를 꺼내 입었다. 오전엔 A회사 팀장님을 회사 건물 스타벅스에서, 오후엔 광고주 미팅을 마친 B회사 팀장님을 공덕 프릳츠 커피숍에서 만났다. 모두 좋은 분 같았다. 대화가 편안했고 즐거웠다. 면접을 마치고 집으로 가는 마을버스 안에서 생각했다. 누구와 일

해도 좋겠다고. 꼭 붙고 싶다고. 그런데 갑자기 위통과 두통이 찾아왔다. 너무 아파서 코트도 벗지 못하고 메이크업도 지우지 못한 채 방바닥에 쓰러져 끙끙대다 그대로 아침을 맞았다.

밤새 앓는 동안 내가 두려워하고 있는 것이 무엇인지 깨달았다. 오랜만에 일하는 건 두렵지 않았다. 일하는 과정에서 생성될 감정들이 두려웠다. 동료들 간의 보이지 않는 경쟁, 다른 사람 아이디어보다 내 것이 선택되길 바라는 마음, 카피 잘 쓴다고 인정받고 싶은 욕구, 내 아이디어가 채택되면 기뻐하고 그렇지 않으면 좌절하는 내면의 기복, 스스로에게 내리 꽂는 자책. 이런 감정들은 지난 날 나의 열정을 가동시키는 연료였다.

"우리는 우리의 이상 때문에 괴로워하며, 우리가 하고 있는 일의 중요성을 너무 크게 생각하기 때문에 괴로워한다."는 알랭 드 보통의 글귀가 떠오른다. 일이 고통스러운 이유는 두 가지 때문이다. 하나는 남, 하나는 나. 내가 준 고통만 생각해보았다. 내가 하고 있는 일의 중요성을 너무 크게 생각하고 있진 않은가? 나의 역할을 실제보다 부풀리고 있진 않은가? 부담감을 스스로에게 부여하고 있진 않은가? 하나같이 맞았다. 애당초 해결할 수 없는 과제였는데 그걸 해결하지 못한 나를 무능하다 여겼다. 윗사람 취향에 의해 결정된 결과였는데 자책부터 했다. 회자되고 사랑받는 광고가 한 사람의 능력만으로 완성되는 게 아닌데 부족함이 보이는 결과물이 내 탓 같았다. 나의 업, 나의 역량을 과장하고 있었다. 그게 지나쳐서 독이 되었다.

화가 노은님은 말했다. 나비는 날개가 가장 무겁고, 목수는 망치가 가장 무겁고, 화가는 붓이 가장 무겁다고. 그러나 가장 무거운 걸 가장 가볍게 다룰 때 비로소 나비는 나비이고, 목수는 목수이고, 화가는 화가라고. 붓을 가볍게 다루는 사람이 화가라면 카피라이터는 펜을 가볍게 다루는 사람일 텐데 나는 언제나 펜이 무거웠다. 도대체 무거운 날개가 가벼워지고, 무거운 망치가 가뿐해지고, 무거운 붓이 수월해지는 지점은 어디일까. 노은님은 다른 인터뷰에서 말했다. "그림은 잘 그리려고 할수록 잘 안 된다. 그저 밥 먹고 싶을 때 밥 먹는 마음으로 그려야 한다." 왜 나의 펜이 무거웠는지 알겠다.

가야 할 곳을 높게 잡으면 날개마저 짐이 된다. 대단한 작품을 완성해야 한다는 압박이 못 하나 박는 일을 주저하게 만든다. 실수하면 안 된다는 생각이 붓을 무겁게 만든다. 나는 잘해야 한다는 태도로 손에 힘을 주고 일해왔다. 내 아이디어가 선택되면 보람 있는 날이 되고, 그렇지 않으면 하루를 망친 날이 되었다. 살면서 느끼는 기쁨, 슬픔, 분노, 즐거움, 행복, 감사가 '일이 잘 되고 안 되고'에 자주 결정되곤 했다.

일하기를 두려워하는 나에게 해준 말이 있다. 일이라는 건 하루 중 3분의 1을 차지하는 만큼 중요하지만 나머지 3분의 2를 좌우할 만큼은 아니다. 이번에 못하면 다음에 잘하면 된다. 혼자서 못하면 다같이 하면 된다. 15초 광고를 만드는 거지 2시간짜리 영화를 만드는 게 아니다. 힘을 빼자.

일을 그만두고 삶의 곳곳에서 희로애락을 느끼며 살았다. 직접 분갈이한 식물에 연한 새잎이 올라온 걸 발견하고서 어찌나 행복했는지. 처음 시도한 요리가 맛있어서 정말 뿌듯했고, 소설을 읽으며 밤새 울었다. 친구의 분노에 함께 동참하고, 잘 마른 빨래에서 햇볕 냄새를 맡으며 미소 지었다. 아침에 일어나면 주변 사람을 위해 기도하는 여유가 생겼고, 이렇게 글을 쓰는 기쁨을 얻었다. 삶을 잘 사는 것이 무엇보다 소중해진 나는 달라진 삶의 태도를 가슴에 품고 네 번째 면접을 보았다. 그리고 나는 1년 3개월 만에 다시 직장인이 되었다.

순례자의 삶

골목길
자락길
올레길
혹은
퇴근길

순례자의 마음으로 걷는 모든 길이
순례길

집으로 가는 길

사계절이 여름인 나라에서 살고 싶다. 더위에는 둔감한 몸이 추위에는 어찌나 유난을 떠는지 찬바람만 살짝 스쳐도 오돌대서 매년 수능 날을 기점으로 내복을 꺼내 입어야 한다. 니트와 조끼, 패딩, 목도리, 장갑으로 무장을 끝내면 부풀 대로 부푼 몸집 때문에 행동이 굼떠지고 조금만 움직여도 지친다. 피부 또한 말썽이다. 차가운 바깥 공기에 둘러싸여 있다가 따뜻한 실내로 들어서면 모세 혈관이 일제히 빨간 불을 켠다. 어디서 술 한잔 걸치고 왔냐는 농담을 듣는 건 일상다반사. 추위, 옷 몸살, 홍조 3종 세트가 한꺼번에 들이닥치는 겨울이 내게는 녹록지 않다.

하지만 뭐니 뭐니 해도 가장 견디기 힘든 건, 한 겨울의 야박한 일조량. 오후 5시부터 슬슬 어두워지기 시작해 6시에는 한밤중처럼 깜깜해지는 겨울철에는 칼퇴를 해도 야근한 기분이 들어 억울하다. 얼른 집에 들어가 뜨듯한 온돌 바닥과 한몸이 되는 게 유일한 안빈낙도다. 여름보다 두 시간 늦게 뜨는 태양은 아침을 게으르게 만들고 세 시간 일찍 찾아오는 밤은 피곤한 기분을 만든다. 그럼에도 불구하고 겨울도 좋은 점이 있다. 여름이 얼마나 소중한지 깨닫게 한다는 점이다.

집으로 가는 길이 최단 코스 하나뿐인 겨울철과 달리 여름철 퇴근길은 다양하다. 그중 하나는 '경복궁 돌담길→청와대사랑채→집' 코스. 집과 반대편인 경복궁 3-1번 출구로 나가서 그대로 직진해 횡단보도를 건너면 경복궁 돌담이 맞이해준다. 조선의 궁궐과 바깥세상을 구분 짓는 경계선 위에 반듯하게 쌓아 올린 돌. 그 돌이 모여 담을 이루고 그 담이 이어져 길을 만든다. 길마다 양팔 간격으로 서있는 은행나무가 긴 행렬로 환영해주고, 나무의 허리춤에도 오지 않는 나지막한 주변 건물들 덕분에 저 멀리 우뚝 솟은 북악산까지 한눈에 들어찬다. 우려낸 차를 마시듯 한 걸음 한 걸음 음미하며 발을 뗀다. 크기도 모양도 조금씩 제각각인 담벼락 돌을 자세히 들여다보며 귀엽다고 생각한다. 걷다보면 금세 청와대사랑채다. 잠시 멈춰 서서 흘러가는 하늘을 보고 발걸음을 왼쪽으로 돌려 큰길로 나선다. 낭만에서 현실로 이동한 나는 되도록 소란스러운 길가를 피해 고즈넉한 샛길로 에둘러 간다. 잘 걷고 들어온 날의 몸은 한여름 나뭇잎처럼 싱그럽다.

'사직단→인왕산 자락길→수성동 계곡→집' 코스도 자주 즐기는 퇴근길이다. 이번에는 경복궁역 1번 출구로 나간다. 나온 방향으로 쭉 걸으면 사직단이라는 이름의 작은 공원이 나타난다. 이곳은 토지의 신인 사(社)와 곡식의 신인 직(稷)에게 제사를 지내기 위해 단(壇)을 쌓고 봉사했던 곳으로, 태조 이성계가 한양으로 천도할 때 경복궁이나 한양도성보다 먼저 건립했다고 한다. 조선의 왕은 어떤 심정으로 이곳에 왔을지 21세기에 사는 나는 가히 헤아리기 어렵다. 그저 예쁜 길을 걷고 싶다는 마음으로 사직단 정문으로 들어가 후문으로 나간다. 그리고 오른쪽으로 꺾어 야트막한 오르막길을 걷는다. 곧 단군성전을 중심으로 두 갈래 길이 나온다. 좌회전하면 성곽길 입구, 직진하면 인왕산 자락길로 이어진다. 오늘은 직진이다.

자락길로 들어서면 줄곧 끼고 있던 이어폰을 귀에서 빼고 마른 땅 밟는 소리를 듣는다. 평소보다

숨을 깊게 들이쉬어 몸속에 좋은 공기를 순환시킨다. 서두르지 않는 편안한 보폭이 정신을 누그러뜨리고 거울을 보지 않아도 좋은 표정을 짓고 있는 게 보인다. 겸재 정선이 붓을 들어 화폭에 담은 인왕산 절경을 누비며 수성동 계곡으로 내려간다. 여름에만 들을 수 있는 계곡 물소리. 그 청량한 소리가 끝나는 지점에서 동네가 시작된다. 꽤 걸었는데도 한낮같이 밝은 저녁. 여름을 사랑하는 이유다.

전날 자락길로 퇴근했다면 오늘은 '사직단→인왕산 성곽길→자락길→수성동계곡→집' 코스로 가본다. 사직단을 지나 단군성전에서 좌회전하면 한양도성길 인왕산 구간과 합류된다. 먼 옛날 이십여만 명의 선조들이 돌을 나르고 쌓으며 98일 만에 축조한 성벽이 북악산, 낙산, 남산, 인왕산 능선을 따라 유려하게 펼쳐져 있다. 조선 후기 실학자 유득공은 한양도성을 한 바퀴 빙 돌며 안팎 풍경을 구경하는 일을 멋진 놀이라고 기록했는데, 그때나 지금이나 여기서는 걷는 행위가 놀이가 된다. 몸을 옆으로 돌려 바깥으로 펼쳐진 마을을 보다가 앞으로 돌려 성벽 안쪽의 산세를 구경하다가 뒤로 돌려 남산타워가 서 있는 서울 시내를 관망한다.

걸으며 오늘을 생각한다. 일하면서 무엇 때문에 화났고 무엇 때문에 행복했는지. 왜 언짢았고 왜 웃었는지. 한 걸음 떨어져서 오늘을 헤아리면 언제나 마무리가 같아진다. 좋은 사람이 곁에 많아서, 웃을 일이 있어서, 날씨가 좋아서, 공기가 맑아서, 길이 예뻐서, 걸을 수 있어서, 모든 게 감사해진다.

　이유는 모르겠지만 여덟 시간 내내 일했는데도 기운이 넘치는 하루가 있다. 겨울에는 드물지만 여름에는 수박처럼 흔하다. 그런 날에는 기쁜 마음으로 가방을 회사에 놓고 퇴근한다. 가벼운 몸을 더더욱 가볍게 하고 지하철 한 정거장 전에 내린다. 안국역 1번 출구로 나가서 감고당길을 걷는다. 느린 걸음으로도 10분이 채 걸리지 않을 만큼 짧은 거리지만 운치 있는 담벼락과 아기자기한 상점 덕분에 산책 맛집으로 유명하다. 길 끝에 다다르면 정독도서관이 등장한다. 다른 날이었다면 책을 빌리러 가겠지만 오늘은 한 권의 무게조차 싣고 싶지 않아 도서관 입구를 지나쳐 샛길로 들어선다. 풀어놓은 강아지처럼 발길 닿는 대로 아무 골목이나 들어갔다 나와도 삼청동 거리로 빠져나간다. 물 맑고 산 맑고 사람 맑다 하여 삼청동(三淸洞)이라 불리는 동네에서 맑은 기운을 가지고 서쪽으로 향한다.

　해 지는 시간이 점차 빨라지고 바람 끄트머리에서 찬기가 느껴지면 내가 좋아하는 계절이 끝나감을 느낀다. 얼마 남지 않은 여름날이 소중해서 하루 하루가 애틋하다. 그럴 때 나는 여름 안으로 걸어 나간다. 최선을 다해 빛나는 지금을 걷는다.

끄적이다

머릿속으로 끄적인 첫 문장을
창가 책상에서 옮겨 씁니다
405번 버스에서 덧붙이고
화장실 세 번째 칸에서 다듬고
공원 벤치에서 완성합니다

글쓰기 좋은 서재는
모든 곳입니다

책읽는고양이

약간의 거리를 둔다
소노 아야코의 에세이. 객관적 행복을 좇느라 지친 영혼을 위로하는 책으로 '나' 자신을 속박해온 통념으로부터 벗어나 나답게 사는 삶으로 터닝할 수 있도록 이끌어준다. 9900원.

타인은 나를 모른다
작가 소노 아야코가 전하는 '관계로부터 편안해지는 법'. 타인으로부터의 강요는 물론, 나의 생각을 받아들이지 못하는 상대로 인한 스트레스로부터 편안해지는 기본기를 다져준다. 9900원.

남들처럼 결혼하지 않습니다
소노 아야코의 부부 심리 에세이. 10,900원.

좋은 사람이길 포기하면 편안해지지
사람으로부터 편안해지는 법. 소노 아야코 지음. 11,800원.

알아주든 말든
오히려 실패, 단념, 잘 풀리지 않았던 관계 등등 누구나 꽁꽁 숨기고 싶어하는 경험들 속에서 인간의 본성과 언행의 본질을 끄집어냄으로써 나를 직시하게 만든다. 11,200원.

조그맣게 살 거야
외형적 단순함을 넘어 내면까지 비우는 삶을 사는 미니멀 라이프 예찬론. 진민영 지음. 11,200원.

아버지 가방에 들어가실 뻔
아버지와 함께 떠난 단 한 번의 파리 여행을 계기로, 아버지를 이해하게 되고 나아가 가족 내 상처 치유와 관계 회복은 물론, 20여 년 간 일해온 여행업에서도 다시금 맥락을 잡아가는 기적과 같은 변화를 담고 있다. 김신 지음. 13,000원.

되찾은 시간
잃어버린 시간을 찾아서 시작한 독립서점 '프루스트의서재'는 단순한 책방이기보다 '나다운 삶'을 실현하는 공간이자 시간이다. 박성민 지음. 13,800원.

내향인입니다
홀로 최고의 시간을 보내는 내향인 이야기. 얕게는 내향성에 대한 소개부터 깊게는 사회가 만들어놓은 많은 정형화된 '좋은 성격'에 대한 여러 가지 회의적 의문을 제기한다. 진민영 지음. 11,800원.

루캣유어셀프 __ 단편소설에서 나 다운 삶을 찾다!

개를 키우는 이야기 / 여치 / 급히 고소합니다
다자이 오사무 지음, 김욱 옮김, 5,900원

비곗덩어리
기 드 모파상 지음, 최내경 옮김, 5,900원

갈매기 / 산화 / 수치 / 아버지 / 신랑
다자이 오사무 지음, 김욱 옮김, 7,900원

파리에서의정사 / 쥘 삼촌 / 아버지 / 몽생미셸의 전설
기 드 모파상 지음, 최내경 옮김, 5,900원

보석 / 목걸이 / 어떤 정열 / 달빛 / 후회 / 행복 / 첫눈
기 드 모파상 지음, 최내경 옮김, 11,200원

한 시간 사이에 일어난 일
최면 / 아내의 편지 / 라일락 / 데지레의 아기 / 바이유 너머
케이트 쇼팽 지음, 이리나 옮김, 7,900원

징구
로마의 열병 / 다른 두 사람 / 에이프릴 샤워
이디스 워튼 지음, 이리나 옮김, 9,900원

엄마의 반란 / 갈라 드레스 / 뉴잉글랜드 수녀 / 엇나간 선행
메리 E. 윌킨스 프리먼 지음, 이리나 옮김, 9,900원

일상이 슬로우

1판 1쇄 인쇄 2021년 9월 8일
1판 1쇄 발행 2021년 9월 15일

지은이 신은혜
펴낸이 김현정
펴낸곳 책읽는고양이 / 도서출판리수

등록 제4-389호(2000년 1월 13일)
주소 서울시 성동구 행당로 76 110호
전화 2299-3703
팩스 2282-3152
홈페이지 www.risu.co.kr
이메일 risubook@hanmail.net

ⓒ 2021, 신은혜
ISBN 979-11-86274-85-9 03810